# Nachts sind alle Hörnchen grau
## Siamsarahs Entscheidung

*Liebe, wo immer du bist!*

*… direkt nach einem Traum gezeichnet …*

Heinz-Theodor Gremme

# Nachts sind alle Hörnchen grau
## Siamsarahs Entscheidung

Geschichten aus dem Siamsarah-Universum
2. Teil

*Bibliografische Information der Deutschen National-bibliothek:*
*Die Deutsche Nationalbibliothek verzeichnet diese Publikation in der Deutschen Nationalbibliografie; detaillierte bibliografische Daten sind im Internet über http://dnb.dnb.de abrufbar.*

*© 2019 Heinz-Theodor Gremme*

*Illustrationen: Annette Willsch und Theo Gremme*
*Titelbild und Umschlaggestaltung: Annette Willsch und Theo Gremme*

*Herstellung und Verlag: BoD – Books on Demand, Norderstedt*

*ISBN: 9783748159940*

# Inhaltsverzeichnis

# Inhaltsverzeichnis

# Vorwort

Die kleinen, liebenswerten und zum Teil recht schrägen Protagonisten, die in meinem Buch *Siamsarah und die Kristallflöte* nach und nach in die Geschichten einwanderten, entwickelten in meinem Kopf ein Eigenleben. Ich wollte sie einfach nicht im Meer des Vergessens untergehen lassen. Alle Freunde und treue Fans haben mich immer wieder ermutigt, in Sachen Siamsarah weiterzuschreiben. Aber Siamsarah und das seltsame Menschenwesen waren sozusagen versorgt – dem wollte ich eigentlich nichts mehr hinzufügen. Doch eine Idee trieb mich um und so wurde Siamsarah in diesem Buch das mutigste Wesen im ganzen Universum. Weiter geht es natürlich auch mit Pfnörgel, Gnörxie, Fideline, Amöbius Brackwater, Deffy, Nöggy, Marana, Luise, Strull Struhlenpfohl, Serana und unserem Bösewicht Egigius Egbaeutel, der immer wieder aufersteht. Es gibt auch Neuzugänge bei den Protagonisten. Hinzugekommen sind ein kleiner, struppiger, geplusterter Vogel namens Plust und die wunderschöne Baumfee Neliola. Auch ein etwas gestörter mechanischer Geselle namens Bruno stellt sich vor, und das GROSSE NICHTS bekommt eine der Hauptrollen. Am besten, Sie werfen jetzt gleich mal einen Blick in den Anhang, um sich mit diesen Wesen vertraut zu machen, denn vielleicht haben sie das erste Buch ja bisher noch nicht gelesen. Die Protagonisten werden nicht immer beim ersten Auftritt in diesem Buch beschrieben. Auch kommen ja noch weitere Wesen hinzu, die Sie ebenfalls im Anhang beschrieben finden. Um diese kleinen, mittleren und sehr großen Wesen wird es also in diesem Büchlein gehen – und eines kann ich versichern: Es wird wieder megaschräg! Und mit dem, was Siamsarah in diesem Buch tut, habe ich mich sehr, sehr schwer getan, das können Sie mir glauben. Aber es gibt gute Freunde, die beherzt eingreifen in das Schicksal der Menschenwelt und das der Elfen.

Außerdem habe ich den Kern dieses Buches, also Siamsarahs Entscheidung, noch für ein anderes Projekt sozusagen *beliehen*. Das Projekt heißt *Elfenrose* und ist ein 3-Stufen-Projekt. Die erste Stufe besteht aus einem kleinen Roman, der schon fertig ist und noch vor diesem Buch veröffentlicht worden ist. Es wurde hier bewusst darauf geachtet, dass der Roman grundsätzlich verfilmbar ist. Er spielt zur Hälfte in der Menschenwelt und zur anderen Hälfte im Elfenreich. Jeder Satz wurde auf realistische Machbarkeit überprüft. Es wird sicher nicht leicht, aber „geht nicht" gibt's ja auch hier nicht. In der zweiten Stufe entstand daraus ein Drehbuch und in der dritten Stufe streben wir natürlich die Verfilmung an, die mittlerweile angelaufen ist. Es bleibt also spannend. Also, sollte Ihnen in diesem Buch etwas bekannt vorkommen, was sie auch schon in der *Elfenrose* gelesen haben, dann kann ich Ihnen versichern, dass es geklaut ist und zwar bei mir selbst, da darf ich das ja. Ein kleiner Tipp noch: in der *Elfenrose* heißt unsere schöne Elfe nicht Siamsarah, sondern Elka und lebt als Menschenwesen getarnt in Island, ist aber berufsbedingt Pendlerin zwischen den Welten. Bei den Protagonisten mussten wir aus Machbarkeitsgründen etwas zurückhaltender sein, aber es gibt auch magische Wesen dort. Marana wird Ihnen dort begegnen und die schöne Baumfee Nayi – ja und natürlich Luise, als normale Maus getarnt, und ein Kater namens Igor, für den nicht jeder Tag ein guter Tag ist. Und dann haben wir dort noch die *Elfe der Zeit*, die die Zeit selbst ist. Es wird spannend, dramatisch, erschütternd und natürlich romantisch – schließlich geht es dort um die wahre Liebe und noch viel mehr – die ganze Menschheit.

# Was bisher geschah

Was bisher im ersten Buch geschah, hier nur in einer Kurzfassung:

Die Elfe Siamsarah wird zur Elfe der Morgendämmerung ernannt. Das ist ein echter Killer-Job, denn von ihr hängt es ab, ob die Menschenwelt jeweils noch ein Jahr weiter existieren darf. Siamsarah muss sich einmal im Jahr die Welt ansehen und entscheiden, ob die Menschen es wert sind. Danach muss sie zur stillsten Stunde der Nacht ihre magische Kristallflöte spielen, um die Vernichtung der Erde zu verhindern. Was sie aber in ihrem ersten Berufsjahr sieht, ist so schlimm, dass ihre Kristallflöte zerbricht. Das wäre das sichere Ende des Planeten, es sei denn, sie findet ein Menschenwesen, welches bereit ist, die Flöte zu reparieren, denn sie selbst kann und darf es nicht. Sie findet ein Menschenwesen und die Welt darf ein Jahr weiter existieren. Die beiden treffen sich nun jedes Jahr einmal zur stillsten Stunde der Nacht und jedes Mal geschehen Dinge, die die Welt an den Rand des Untergangs bringen, denn es gibt natürlich auch einen Bösewicht: einen durchgeknallten Elfen, der ein aus seiner Sicht berechtigtes Interesse daran hat, dass die Welt vernichtet wird, aber bei ihm im Kopf brennen die Lampen nicht so hell. Er erkennt nicht, dass das Elfenreich dann auch untergehen würde. Na ja, es sind dramatische Geschichten im ersten Buch, und es passiert noch etwas: Siamsarah und das seltsame Menschenwesen lernen sich immer besser kennen, retten sich gegenseitig mehrmals das Leben und, wie sich das für eine solche Geschichte gehört, verlieben sie sich ineinander. Wie das ausgeht, verrate ich hier nicht – Sie sollen ja das erste Buch auch noch lesen. ☺ Aber Sie können mir glauben: Siamsarah hat echt den Kaffee auf, was ihren Job betrifft, und ist heilfroh, dass sie ihn nach 333 Dienstjahren endlich kündigen kann. Noch ist ihre Dienstzeit aber nicht um.

Doch nun schnallen Sie sich an, stellen Sie nervenberuhigende Getränke bereit und genießen Sie die Show. Ach ja – dieses Buch ist genau wie das erste für fantasie- und humorlose Menschen nicht geeignet! Aber da mache ich mir bei Ihnen keinerlei Sorgen, Sie hätten das Buch sonst nicht gekauft. Danke für Ihre Treue und Ihr Vertrauen!

# Warnhinweise

Dieses Buch enthält heftige Kraftausdrücke, das ließ sich nicht vermeiden! Also dieses Buch bitte für Kinder und Anstoßnehmer unzugänglich aufbewahren! ;-) Außerdem wird im Text dem Alkohol kräftig zugesprochen, auch das war dramaturgisch nötig. Also Leute – böses Zeugs – besser Finger weg!

Bei Risiken und Nebenwirkungen fragen Sie den Elementarteilchenversteher ihres Vertrauens! ☺

# The Big Boiler

Pfnörgel packte Eggy am Kragen und schleifte ihn zum Rohrpostterminal. Dieses eigentlich veraltete System war trotzdem auch hier auf Terramaris installiert worden – für Notfälle. Und dies war einer! Auch wurden Rohrposttransporte nicht im Zentralrechner gespeichert. Pfnörgel schlug auf die Kontaktfläche mit der Aufschrift: „Lade Kapsule!" Polternd und ruckelnd machte sich eine der alten, aus dem Vollen geschnitzten Rohrpostkapseln aus dem Magazin auf die Reise in das Abschusskatapult. Das gewaltige Geschoß rastete ein und Pfnörgel raunte Eggy zu: „Einsteigen!" Eggy kroch auf allen Vieren in die Kapsel – er trug seine übliche Arbeitskleidung: Feinrippunterwäsche und eine Art Schweißerbrille mit blauen Gläsern. Rumpelnd schloss sich die Kapsel aus UMi-Stahl und der Countdown zählte von 10 auf 0 herunter. Dann hob die Kapsel donnernd und fauchend ab und verschwand in der Rohrpostleitung.

„Da geht er hin!!!", kreischte Pfnörgel vor Vergnügen. Auf dem Zielerfassungsbildschirm blinkte ein Punkt, der mit *Isafjördur* beschriftet war, mit der Unterzeile *Weiter zum Big Boiler*!

Die Kapsel donnerte durch ein geostationäres Elfentor[1] und erreichte zischend und donnernd die große

---

[1] Eine Schemazeichnung und Kurzbeschreibung des elfischen Transportsystems und der Elfentore finden Sie im Anhang.

Bremskammer auf der Verteilerstation Zeta UMi. Die Luke der Kapsel öffnete sich summend und eine monotone Computerstimme[2] krächzte:

„Bitte aussteigen – für Sie besteht die Umsteigeanordnung nach Isafjördur – die Transportkapsel trifft in wenigen Minuten im Abschusskatapult 13 ein – bitte Vorsicht an der Mündungsklappe!"

Eggy stieg mit zitternden Knien aus und sah ein großes Schaltpult, auf dem eine winzige, mit Sand gefüllte, quadratische und oben offene Kiste an allen vier Ecken an dünnen Fäden an einem Rohr befestigt war und sanft hin und her schaukelte. Eggy kam mit großen Augen näher. Dieses Wesen kannte er, es hatte ihn schon einmal in die Verbannung befördert. Damals war es eine Neutrino-Jet, mit der ihn dieses kleine Wesen nach Isafjördur geflogen hatte. Eine feine, piepsige Stimme, die eindeutig aus der kleinen, schaukelnden Sandkiste kam, sagte freundlich:

„Willkommen auf Zeta UMi! – So sieht man sich wieder!"

Luise gehörte zur Gattung der sprachbegabten Spitzohrrüsselspringer aus der Parallelwelt sitnaltA. Diese kleinen, süßen Tierchen gab es auch in der Menschenwelt, aber da stellten sie sich natürlich stumm, um nicht aufzufallen. Sie heißen in der Menschenwelt Kurzohrrüsselspringer.

„Tja, so geht es therapieresistenten Vollpfosten! Du wirst nun dauerhaft in der Verbannung dein Dasein fristen und niemand außer Pfnörgel, Gnörxi, Erla und mir wissen, wo du abgeblieben bist – offiziell hat dich

---

[2] Erst viel später ersetzte man die Computerstimme durch ein Sprachsystem, das von Wassernymphen eingesprochen wurde. Diese Stimmen waren so sexy, dass es einige Hirnzellen verdampfen ließ, wenn man sie hörte.

das Universum einfach als Sondermüll entsorgt – ein peinlicher Unfall, als du dich unbefugt im Rohrpost-terminal herumgetrieben hast! Alle werden sehr er-leichtert sein!", dozierte Luise immer noch schau-kelnd und sichtlich vergnügt. Mittlerweile rumpelte Eggys neue Transportkapsel ins Katapult 13 und öff-nete sich. „Rein da!", sagte Luise mit ruhiger, aber bestimmter Stimme und Eggy wusste, dass er von hier aus nicht woanders hin kam und Luise durch einen Schutzschirm unangreifbar war. Er stieg ein und schloss die Sicherheitsgurte. Die Luke schloss sich und wieder zählte der Countdown von 10 herunter auf 0. Luise hatte mit einem schelmischen Grinsen die Andruckabsorber etwas heruntergeregelt, so dass un-ser Eggy durch die hammerharte Beschleunigung nun noch sackgesichtiger aussah.

„Da geht er hin!", piepste Luise, vor Freude noch höher schaukelnd und einen, ihr eigentlich gar nicht zuträglichen Mehlwurm verschlingend. Ach, das Le-ben konnte einfach schön sein!

# FADE IN

So, nun ist es legitim, sich an die Tastatur zu setzen und FADE IN zu tippen!

Ja, dieser Ort war so etwas wie das Ende der Welt — eines von vielen möglichen Enden der Welt, einsam, bizarr, aber von einer atemberaubenden Schönheit, die eigentlich nur in Träumen vorkommt. Die Wellen des Meeres brachen sich am Strand an leuchtend blauen, wasserklaren Eisblöcken, die auf schwarzem Sand aus Lavaasche lagen und unwirklich erschienen. In den blauen Eisgrotten unter den Gletschern erklang eine geheimnisvolle Musik, die von Instrumenten unbekannter Bauart erzeugt wurde und einen Menschen so tief in der Seele berühren könnte, dass er für lange Zeit in tiefem Frieden leben würde, wenn seine Ohren sie nur hätten hören können. Unter den Wasserfällen erfrischten sich Wassernymphen und in den schneebedeckten Bergen wisperten die fallenden Schneeflocken, die in winzig kleinen Kristallen hernniederrieselten, geheimnisvolle Worte, die ein Menschenwesen für immer verzaubert hätten, wenn es sie hätte hören können. In den warmen Quellen tummelten sich wunderschöne Elfen, Wassernymphen und Nebelfeen, in die sich jeder Mensch unsterblich für alle Zeiten verliebt hätte, wenn seine Augen sie hätten sehen können. In den tätigen Vulkanen erfreuten sich Feuerwesen an der wohligen Glut. Diese Welt der Gegensätze war eiskalt und heiß zugleich.

In den langen Winternächten zogen die fächerartigen Vorhänge phosphorizierender, neongrün und violett leuchtender Nordlichter geisterhaft und lautlos über den Himmel. Die rein physikalische Erklärung für dieses Phänomen stimmte natürlich, war aber trotzdem so nicht ganz vollständig, denn für Elfenohren war es keinesfalls lautlos. Elfen verbanden mit Farben und deren Kombinationen Klänge, die sie mit der Seele hörten – es waren ganze Symphonien von ergreifender Schönheit. Es gab aber auch Menschen, die diese Musik hören konnten, es waren oft begnadete Maler, Musiker oder Menschen, die die rational nicht zu lösende Aufgabe:

*Wenn du auslöschst Sinn und Ton,*

*was hörst du dann?*

mühelos lösen konnten. Elfen, Nymphen, Feen, Kobolde, Drachen und Wesen, für die die Wissenschaft keine Namen kennt (die der Einfachheit halber unter der Rubrik DINGER zusammengefasst wurden), wurden hier geachtet und respektiert. Die meisten Menschen, die hier lebten, glaubten an deren Existenz, und einige konnten sie sogar sehen und sich mit ihnen verständigen. Eigentlich ein absolutes Paradies. Sogar die Sterne schienen von der Schönheit der Elfen und Nymphen verzaubert zu sein, denn beispielsweise der *Große Wagen* – die alten Griechen nannten ihn *Arktos* – ging hier niemals unter.

Es war keineswegs das Elfenreich, aber Elfen verreisten auch gern in die Menschenwelt und einige hatten einen festen Wohnsitz dort.

# Grayness [sic!]

Über Island war der Himmel gerade grauer als grau, denn es gibt dunkle Mächte, die dunkles Gewölk aufziehen lassen und die eigentlich ganz normalen grauen Tage, die neben sonnigen Tagen hier natürlich vorkommen, noch grauer werden lassen. Genau so ein bleigrauer Tag, der sich auf die Bühne des Lebens quälte, dämmerte in dieser ansonsten wundervollen Welt herauf. Aber es gab einen Grund dafür: An einem recht hässlichen, angerosteten Warmwassertank, der hier „The Big Boiler" genannt und durch unterirdische heiße Quellen gespeist wurde, nahm das Unheil seinen Lauf. Gewaltige Wasserdampfschwaden stiegen aus dem Tank auf und verdunkelten den sowieso schon abgrundtief finsteren Tag noch um mehrere Graustufen.

Davor stand ein merkwürdiges Wesen und dieses Wesen war das Böse an sich – es rangierte auf Platz eins der Hitliste des Grauens! Und das Grauen hat einen Namen – hier mit schleimigem Käfersud auf bis dahin noch unschuldiges weißes Papier geschrieben:

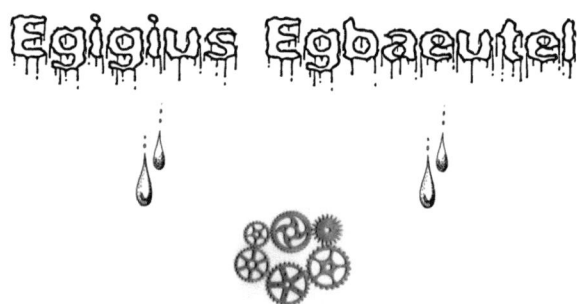

Eggy sah sich suchend um. Es war niemand in der Nähe, also hatte bisher keiner seine Ankunft auf Island bemerkt. Er war schon einmal hierher verbannt worden, allerdings nur für ein Jahr, und nun sollte er bis an sein Lebensende hier bleiben. Hier auf dem Planeten, den er immer noch vernichten wollte. Nun wurde er sich wieder bewusst, wie er hier herumlief. Er trug Feinrippunterwäsche und eine Schweißerbrille. Menschen konnten ihn nicht sehen, er war ja schließlich ein Elf, aber auf Island wimmelte es nur so von den unterschiedlichsten Wesen aus dem Elfenreich und die konnten ihn sehr wohl sehen. Es war besser, wenn er auch bei diesen Wesen erst einmal nicht in Erscheinung trat, denn die waren sicher schon von Erla, der hier amtierenden Elfenspezialistin informiert worden, wer nun diese wunderschöne Insel betreten hatte. Er musste sich einen Unterschlupf suchen, wo er in aller Ruhe nachdenken konnte, um Pläne zu schmieden. Es gab hier unzählige Verstecke, da sollte sich etwas finden lassen. Außerdem war er ja nicht gerade gut ausgestattet, um Pläne schmieden zu können. Er hatte nichts aus dem Elfenreich mitnehmen können – doch etwas hatte er heimlich mitgehen lassen – einen Feenstein. Außerdem sollten wir nicht den Plural, also „Pläne schmieden" verwenden, sondern den Singular, denn Eggy schmiedete keine Pläne, sondern immer nur *einen* Plan! Der war dann immer besonders schlecht durchdacht und deswegen brandgefährlich! Noch war es aber nicht so weit. Seine Zeit würde kommen, da war sich Eggy ganz sicher, denn für ihn hatte sich nichts geändert – der Planet Erde musste weg, unbedingt! Aber auf selbigem saß er gerade fest. Eggy war eben ein therapieresistenter Vollpfosten und die lebenslange Verbannung war das

Mittel der Wahl! Also, wenn Sie mich, den Verfasser, fragen, dann wäre ich da drastischer vorgegangen – da hätte ich mindestens noch eine Sicherheitsverwahrung draufgesetzt, aber auf mich hört ja niemand. Meine Protagonisten haben immer so ein gutes Herz und glauben noch an das Gute in Eggy.

Und ja, das Böse bahnt sich nun mal immer einen Weg, und nach kurzer Zeit und mit Hilfe von Insidertipps bekam er eine Stelle im Geothermalkraftwerk Svartsengi, wo er nicht der einzige Elf war. Auch Trolle arbeiteten dort. Eggy übernachtete auch dort. In einem abgelegenen Rohrtunnel hatte er seinen provisorischen Stützpunkt eingerichtet.

# Nachts im Museum

Es war eine sternenklare, eiskalte Nacht. Der volle Mond verbreitete sein zauberisches Licht und gab dem alten elfischen Museum mit seinen Glasdächern und reich verzierten Bogenfenstern aus geschliffenem Maranaglas[3] einen weichen, blauschimmernden Glanz. Eiskristalle und Eisblumen glitzerten an den Glasscheiben und gewaltige, kristallklare, blaugrün funkelnde Eiszapfen hingen wie eisige Vorhänge von den Dachrinnen.

Egigius Egbaeutel wurde von einer dunklen Macht angetrieben, gegen die er sich nicht wehren konnte, ja auch gar nicht wehren wollte, denn diese Macht war seinem eigenen Wesen über alle Maßen ähnlich – er badete ständig in abgrundtiefer Bosheit. Eigentlich dürfte er gar nicht hier sein. Er hatte Nachtschicht im Geothermalkraftwerk *Svartsengi*, das für die Stromerzeugung und Heizwärme auf Island von größter Wichtigkeit war. Dieses geniale Kraftwerk nutzte die überall auf Island vorhandene vulkanische Tätigkeit. Dort wird ein Gemisch aus Meer- und Süßwasser aus einer Tiefe von etwa 2000 Meter zur Oberfläche gepumpt, das dann mit bis zu 240 °C zur Energieerzeugung

---

[3] Die wie im ersten Buch „Siamsarah und die Kristallflöte" ausführlich beschriebene, reichlich nymphomanische Wassernymphe Marana erfand ein ganz besonders schönes, funkelndes Kristallglas, das sich nur unter Wasser schleifen und schneiden lässt. Es wird häufig in elfischen Gebäuden verarbeitet.

verwendet wird. Das dann immer noch heiße Wasser fließt anschließend in die benachbarte *Blaue Lagune*, einen riesigen, blauweiß leuchtenden und ständig dampfenden Heißwassersee mit heißem Quellwasser. Ein eindrucksvolleres Erholungsparadies zum Entspannen und Baden gab es sonst nirgends auf dem blauen Planeten. Das Lavafeld *Illahraun*, in dem das Thermalbad liegt, war so zerklüftet, dass es von Menschen unpassierbar war. *Illahraun* bedeutet auf Isländisch „*Lava des Schreckens*". Ein Schelm, wer Böses dabei denkt. Hier tummelten sich erholungssuchende Menschen im 37 bis 39°C warmen Wasser. Dort ist alles hochtechnisiert – die Drinks kommen direkt ans Wasser, man braucht, um Nachschub zu bekommen, nicht mal das warme Wasser zu verlassen. Jeder trägt einen Chip am Handgelenk, mit dem er für das erhaltene Getränk zeichnet – bezahlt wird später. Sauna- und Dampfbadgrotten runden mit Massagen im Wasser das Angebot ab. Und für Menschenaugen und Ohren nicht wahrnehmbar, hatten hier auch hunderte von Elfen und Wassernymphen ihren Badespaß. Diese Wesen liebten Wärme über alles und tankten sich hier gerne nachts im Licht des Mondes, der Sterne und der Nordlichter in den langen Winternächten mit Elfenmagie auf. Diese Wesen trugen auch kein Chiparmband. Amöbius Brackwater hatte schon mit Erla verhandelt, um hier eine Zweigstelle des *Dimensionslochs* zu eröffnen – direkt mit einer Theke im Wasser. Die Drinks in der Menschenwelt hatten so spektakuläre und klangvolle Namen, wie *Lava Explosion, Into the Blue* oder *Silica Dream*. An der Elfenbar waren es natürlich traditionell sitnaltische Getränke, wie *Siebendimensionaler Sitnaltischer Grummelrakwurz, Brackwarischer Hirnhammer, Bucheckernschnaps,*

*Magenheizer, Maranischer Hirnzellenverdampfer, Dimensionsschleuder, Hirnabsauger* oder *Sitnaltische Drachenpisse* (ja so heißt das Zeugs nun mal – hilft ja nix). All das natürlich völlig unsichtbar und unantastbar für Menschen.

An den langen Tagen im isländischen Sommer, an denen eine nächtliche Wanderung bei Mitternachtssonne ein magisches Erlebnis war – ein unvergleichliches, zauberhaftes Spiel aus Licht und Farben, ja genau in diesen Nächten konnten einige wenige Menschen, die die Fähigkeit besaßen, die *Große Musik der Sterne* zu hören, auch die badenden Elfen in der *Blauen Lagune* wahrnehmen. Einige Elfen machten sich auch einen Spaß daraus, in Menschengestalt auf Island zu wandeln – sie waren beispielsweise begnadete Schriftsteller oder Sängerinnen, die mit ihren Büchern oder mit wenigen Liedzeilen den Menschen die schönsten und treffendsten Ratschläge und Gedanken schenkten – kleine Zauberformeln für den, der sie verstand und sein Leben damit bereichern konnte. Aber in der Dunkelheit konnten sie den golden leuchtenden Feenstaub an ihren Füßen nicht verbergen, der ihre Tarnung aufrechterhielt. Sie waren liebend gern barfuß, denn in ihrer Welt waren sie es immer. Im Mondlicht hinterließen ihre nackten Füße goldene Fußspuren, die ein paar Sekunden sichtbar blieben und dann langsam verblassten. Mit ihren magischen Worten und Liedern halfen sie oft dem einen oder anderen, ohne dass dieser Verdacht schöpfte. Einige so beschenkte Menschen erkannten aber das Geschehene als das, was es war, und freuten sich unbändig über diese zauberhafte magische Begegnung mit einer Elfe. Sie bewahrten es in ihrem Herzen, verrieten es niemandem und waren von da an von einem inneren

Lächeln erfüllt. Als Dankeschön widmeten diese Menschen, wenn sie selbst auch Schriftsteller oder Musiker waren, dann ein Stück oder Buch einer solchen Elfe mit einem magischen Zitat aus ihrer Botschaft – dezent, verborgen und nur für Elfenfreunde sichtbar. Das Universum würde es eines Tages nach Hause bringen. Diese Menschen wurden immer mehr, trugen etwas von dieser Energie des Guten in die Welt und waren auch ein Grund dafür, dass Siamsarah, die *Elfe der Morgendämmerung,* bisher in jedem Jahr ihre magische Kristallflöte spielen konnte und damit die Welt vor dem Untergang rettete.

Eggy hatte sich nur scheinbar mit seiner lebenslangen Verbannung hierher abgefunden. Schon auf Terramaris war er für seine grauenvollen Verbrechen strafversetzt worden. Er war von da an unfreiwillig Administrator der Heißwasserkraftwerke auf Terramaris, der Insel im Niemandsland zwischen den Welten. – Er kannte sich also mit vulkanischer Erdwärme bestens aus. Die wenigen, die wussten, wo er abgeblieben war, glaubten nun, er habe sich mit seinem Schicksal abgefunden, und genau das war seine perfekte Tarnung. Er wollte die Erde mitsamt allem Leben darauf immer noch vernichten und er hatte wieder einen Plan – wie immer ohne einen Plan B, also eine brandgefährliche Angelegenheit. Egbaeutel hatte im Keller von *Svartsengi,* wo er nun arbeitete, Pläne entdeckt. Er wusste nun, dass es ein altes, unbewachtes Rohrpostterminal unter dem für Menschen natürlich unsichtbaren elfischen Heimatmuseum gab, und das würde er benutzen, um wieder in sein Büro auf Terramaris zu gelangen. Von da aus würde er dem Shackleton-Krater auf dem Erdenmond einen erneuten Besuch abstatten, diesmal in einer perfekten Tarnung, um das große NICHTS zu befreien, das daraufhin die Erde mitsamt Mond verschlingen würde. Niemand würde vermuten, dass jemand ein und dieselbe Bank zweimal ausrauben würde. Einen gab es aber doch, den ehrenwerten Elementarteilchenversteher, seine Erhabenheit und Hochglanzwürden Sir Pfnörgel.

Eggy schlich sich durch die große, vom Mond- und Sternenlicht durchflutete Halle mit den imposanten grauweißen Marmorsockeln, auf denen die Helden des Elfenreiches, in grauen Elfenmarmor gemeißelt, in heldenhafter Pose standen. Messingschilder verrieten die Namen und Heldentaten des betreffenden Wesens. Diese Wesen des Elfenreiches waren für ihr Volk gestorben, aber die winzige Abkürzung *ASG* hinter ihrem Namen verriet dem, der sich damit auskannte, dass von diesem Wesen zu Lebzeiten eine Kopie der atomaren Struktur gespeichert worden war. Natürlich waren den Elfen ihre Toten heilig, aber wenn ein Fall eintrat, in dem nur gerade dieser Held wegen seiner besonderen Fähigkeiten die Rettung bringen konnte, durfte der Elfenrat die Anfertigung einer vollwertigen 1:1-Kopie ihres Helden in Auftrag geben. Eggy betrachtete einige der bedrohlich wirkenden, lebensgroßen Statuen auf den Sockeln, die alle in Kampfpose in

Marmor gemeißelt waren, und las einige Messingschilder. Auf einem stand da in den verschnörkelten
Buchstaben der Elfenschrift:

*„Turdus von Merula, der Erstgeschlüpfte und Perma-
nentgesträubte mit der Lizenz Gekröse aufzuwickeln –
Kampfamsler aus der Parallelwelt sitnaltA"* Es sah
fast so aus, als wolle sich der große, steinerne Vogel
mit gesträubtem Gefieder und zu einem Kampfschrei
weit aufgerissenem Schnabel, in dem Reihen kleiner,
nadelspitzer Zähne zu sehen waren, auf Eggy stürzen.
Fröstelnd ging er weiter.

Plötzlich gefror Eggy fast das Blut in den Adern. Auf
dem letzten Sockel einer langen Reihe stand in grauen
Marmor gemeißelt eine Statue von einem seiner beiden größten Erzfeinde: *„Gnörxi, das Spezialhörnchen
der Morgendämmerung mit der Lizenz, an der Zeit
rumzufummeln, und mehrfacher Retter des Universums"* stand da auf dem Messingschild. Aber wie
konnte das sein?! Auf diesen Sockeln bekamen nur
tote Helden ihr steinernes Abbild. Hatte es dieser
dreiste Kerl geschafft, sich schon zu seinen Lebzeiten
ein Denkmal setzen zu lassen? Zuzutrauen war es
ihm! Im fahlen, grauen Licht des Mondes grinste ihn
dieser steinerne Gnörxi spöttisch an. Er wirkte genau
wie die anderen sehr lebensecht. Und plötzlich hörte
Eggy eine Stimme theatralisch und bedrohlich raunen:

„Nachts sind alle Hörnchen grau!"

Und schon schoss die bepelzte Faust vom wahrhafti-
gen Gnörxi, der sich heimlich auf dem selbstverständlich noch leeren Marmorsockel postiert hatte, wie ein
Hammerschlag in Eggys Sackgesicht und streckte ihn
augenblicklich wie einen gefällten Baum nieder.

„So, du Vollpfosten! – Du wolltest etwas Rohrpost fahren?! – Das kannst du haben!" Er schleifte den röchelnden Eggy durch die Halle und über eine lange Treppe in eine versteckte Nische herunter.

# Die Trollberge

Das wirklich alte, verrottete Rohrpostterminal sah tatsächlich sehr baufällig aus. Gnörxi drückte auf der verstaubten Schalttafel auf die Schaltfläche: *Lade Kapsulek!* Und schon begann es in den Tiefen des Terminals zu rumpeln und zu vibrieren. Der Boden begann zu zittern – Staub und Rost rieselten von der Decke. Eine große Rohrpostkapsel rumpelte aus dem Magazin ins verrostete Abschusskatapult. Die Klappe der Kapsel sprang Roststaub umherwirbelnd auf.

„Auf geht's! – rein da!", kommandierte Gnörxi ungehalten und bugsierte den halb liegenden und halb kriechenden Eggy durch die Luke in die Kapsel. Er trat vor die Tür der Kapsel, die scheppernd einrastete. Dann ging er wieder zurück zum alten Schaltpult und hämmerte mit der Faust auf die Schaltfläche mit der Aufschrift: *Inlandstransport Trollberge!* Dann schrillten die Alarmsirenen jaulend durch das alte Kellergewölbe und eine Anzeige warnte: *„Andruckabsorber komplett ausgefallen! Wollen sie wirklich mit dem Startvorgang fortfahren?! – Nur für DINGER zu empfehlen! – Und überhaupt – zu den Trollen???"* Gnörxi grinste und rief mit entblößten, hell funkelnden Nagezähnen:

„Norrmmmaaaalll!!!" Dann donnerte er mit der Faust nochmals auf die nun rot leuchtende Schaltfläche und ergänzte kreischend und vor Freude zitternd: „Da geht er hin!!!" Die Kapsel verschwand explosionsartig praktisch fast in absoluter Bewegung und selbst für Gnörxi kaum noch wahrnehmbar.

In der Rohrpostkapsel bot sich für die eingebaute Kamera kein schöner Anblick: Egbaeutel, durch die ungeheuren Gravitationskräfte an den Boden gepresst, entgleisten die Gesichtszüge zu einer pfannkuchen-ähnlichen Masse. Gnörxi, der das Bild auf dem alten Röhrenmonitor sehen konnte, wand sich in Lach-krämpfen im Schalensessel vor dem Schaltpult. Die mörderische Fahrt dauerte allerdings nur wenige Se-kunden, dann rauschte er in die Bremskammer des Rohrpostterminals der Trollberge, wo er bereits sehn-süchtig erwartet wurde. „Endstation, bitte aussteigen!", säuselte die echt sexy Stimme des Ansagesys-tems. Diese Systeme wurden gerne mit den Stimmen von Wassernymphen programmiert und machten den eh schon arg gebeutelten Reisenden meist völlig fer-tig. Einer der drei Trolle, die das Empfangskomitee bildeten, trat die Tür der Kapsel ein und zog mit spit-zen Fingern Eggy heraus, warf ihn sofort dröhnend lachend in die Luft, fing ihn wieder auf und warf den zappelnden Eggy seinem Kollegen rüber, der ihn wie-derum dem dritten breit grinsenden Troll zuwarf. Trolle spielten traditionell gerne Elfenwerfen, aber nur, wenn sie die miese Gesinnung ihres Wurfspiel-zeugs spürten. Tja, kein guter Tag für unseren Böse-wicht!

# Unoron

Die Nacht der Elfe der Morgendämmerung stand wieder kurz bevor. In drei Tagen musste Siamsarah wieder ihre magische Kristallflöte zur stillsten Stunde der Nacht in der Menschenwelt spielen, um die Menschen wieder für ein Jahr vor der Auslöschung zu bewahren. Nur wussten die Menschen nichts davon – sie hatten nicht den Hauch einer Ahnung. Aber selbst, wenn es ihnen jemand erzählen würde, würde das nichts ändern, denn die Menschen würden es selbstverständlich nicht glauben und den Erzähler in die geschlossene Abteilung der Psychiatrie einweisen lassen. Da kannten die Menschen keinen Spaß. Die waren sowieso immer oberflächlicher und humorloser geworden. Der Elementarteilchenversteher Pfnörgel hatte mal bei seiner jährlichen Rede im Elfenrat gesagt und ist dabei immer lauter und wütender geworden, bis hin zum Tobsuchtsanfall:

„Die Menschheit hat kristallklar den Zenit überschritten. Dass ganze Gesülze von einem Aufbruch in eine neue Zeit, das alles ist gequirlte Drachenscheiße! Und habt ihr mal die Tageschau im Fernsehen in der Menschenwelt gesehen?! Ja, geht's noch???!!! Ihr habt ja alle keine Ahnung, was ihr eurer kleinen tapferen *Elfe der Morgendämmerung* da jedes Jahr zumutet! Eigentlich müsste sie euch die Flöte vor die Füße schmeißen und euch anschreien: ‚Da! – Macht euren Scheiß alleine!' Oder sie sie hackt die Flöte in Stücke und spült sie im Klo runter! Und habt ihr mal den Wetterbericht aus der Menschenwelt gehört und gesehen?! – Ja???? Wenn der Wettermann da freudestrahlend mit einem verzückten Lächeln sagt: ‚Endlich ist der Hochsommer da! – Genießen Sie einen herrlichen wolkenlosen Tag bei phantastischen sommerlichen 40 Grad.' Ja, hat der sie noch alle?! Der sitzt da im klimatisierten Studio und unten auf der Straße kippen reihenweise die Menschen am Hitzschlag um! Und dann senden sie auch noch Interviews mit Passaanten, wie sie denn das tolle Wetter finden, und die sagen dann sowas wie: ‚Ohhhjjjjaaaa, endlich!!! – So muss Sommer sein!!!' Ja, hat man denen denn ins Gehirn geschissen?! Dann das Fernsehprogramm an sich – diese grottenschlechten Filme und Krimis – das ist Verblödung in höchster Vollendung! Der Klassiker ist da fast immer eine junge Kommissarin, die natürlich gegen alles, was sie mal auf der Polizeischule gelernt hat, im Alleingang in eine verfallene Fabrikhalle eindringt und mit der Knarre hektisch rumfuchtelt. Wenn`s echt hirnzellenverdampfend kommt, dann sagt sie noch die berühmten letzten Worte: *Hallo, ist hier jemand?!* Da hat dann der Drehbuchautor wieder den Textbaustein von der Taste F1 genommen, und es dauert keine 10 Sekunden, dann bekommt unsere Kommissarin eins von hinten über die Omme. Und dann die harntreibenden und magenblähenden Problemfilme! – Ja, wen interessiert denn sowas? – Als wenn die Menschen im wirklichen Leben nicht schon genug Probleme hätten! Und Ihr wisst alle ganz genau, dass Siamsarah sich diese ganze, zum Himmel stinkende Gülle anhören und ansehen muss, bevor sie ihre Entscheidung zu treffen hat! – NOCH FRAGEN???!!!"

Danach war Totenstille im Konferenzsaal. Pfnörgel war ja dafür bekannt, dass er sich gern in Rage redete, eine deftige Sprache pflegte – er konnte allerdings auch sehr vornehm und salbungsvoll reden, falls nötig

– und kräftig austeilte, aber der Rat wusste genau, was er meinte, war aber recht ratlos. Und Pfnörgel war ebenfalls ratlos, und das bedeutete schon etwas. Diese Rede hatte er vor fünf Jahren gehalten, und es ist jedes Jahr schlimmer geworden mit den Menschen. Und ohne dass Egigius Egbaeutel das durchblickt hätte, war das sogar die viel größere Gefahr, die der Menschen- und Elfenwelt drohte. Eigentlich brauchte er nur abzuwarten. Aber derzeit war er erst einmal beschäftigt als Wurfbeutel für die spielsüchtigen Trolle in den Trollbergen auf Island.

Marana konnte nicht mehr schlafen. Auch sie wusste, was ihre Freundin Siamsarah wieder auf sich nehmen musste. Da sie eine sehr tiefe Freundschaft voller Elfenmagie miteinander verband, konnte Marana das, was Siamsarah in der *Nacht der Elfe der Morgendämmerung* erlebte, in ihrem Geist miterleben und in ihrer Seele fühlen, wenn sie sich im terramarischen Südmeer im Unterwasserwald Unoron aufhielt. Noch war es aber nicht so weit. Auf der von mildem Mondlicht durchfluteten Lichtung bewegte sich das Wassergras sanft in der leichten Strömung und bunte Leuchtfische zogen in kleinen Schwärmen durch das angenehm warme Wasser. Der in der Nähe stehende *Baum der Zeit* leuchtete in einem kobaltblauen Licht, und hunderte kleiner Baumfeen schliefen friedlich leise vor sich hin blubbernd auf den zarten Ästen, an denen die blau leuchtenden Kristalle aus erstarrter Zeit hingen.

Marana und Siamsarah schwammen auf diesen Baum zu, knieten vor ihm nieder und sandten ihm liebevolle Gedanken, um ihn damit zu begrüßen. Eine der winzigen Baumfeen schlief nicht, sie tat nur so und sagte dann, als redete sie im Schlaf: „Hey, ihr Zwei – macht nicht wieder irgendwelchen Blödsinn!" Das kleine, wunderschöne Wesen schmatzte etwas, drehte sich um und schlief dann wirklich ein. Es hatte die Gedanken der beiden gelesen und war mit dem Ergebnis zufrieden, was die Friedfertigkeit der beiden anbetraf.

Vor einiger Zeit hatte Marana beinahe ihre Freundin aus einem ihr immer noch unbegreiflichen Wutanfall heraus hier in diesem heiligen Wald fast umgebracht. Es wäre das schlimmste Verbrechen gewesen, das überhaupt begangen werden konnte. Die *Elfe der Morgendämmerung* zu töten, wurde mit unendlich viel mehr als dem Tod bestraft. Marana war einfach rasend eifersüchtig gewesen. Ihre Freundin Siamsarah hatte vom Baum der Zeit einen Zeitkristall erbeten, um diesen nicht etwa ihr, sondern einem Menschenwesen zu schenken, in das sie sich ganz eindeutig verliebt hatte. Einen Zeitkristall zu verschenken, war wie eine Liebeserklärung in der Welt der Elfen. Der Beschenkte konnte mit der Schenkerin einfach Zeit verbringen, ohne dass dabei in seiner Welt auch nur eine einzige Sekunde Zeit verging. Erstarrte Zeit wohnte in den Zeitkristallen. Nun war es aber so, dass nicht jede Elfe oder Wassernymphe einfach einen Zeitkristall vom Baum der Zeit pflücken durfte. Sie musste ihre Gedanken für den Baum der Zeit öffnen, so dass dieser die Beweggründe für den Wunsch nach einem Zeitkristall prüfen konnte. Wenn es reine, ehrliche Gründe waren, beauftragte er eine von den vollsüßen Baumfeen, einen Kristall zu pflücken und der Bittstellerin zu überreichen.

Es war ganz schlimm für Marana, dass Siamsarah tatsächlich einen Kristall bekam, also ehrliche Zuneigung für ihr Menschenwesen empfand. Marana war, naja, das ist bei Wassernymphen so eine Sache, sie waren schon recht nymphomanisch – und Marana hatte sich in Siamsarah verliebt. Wassernymphen verliebten sich in alles, was nicht schnell genug fliehen konnte. Zu ihrer „Beute" gehörten Elfen, Hybriden, Selkies, Feen, Heinzel, Menschen, ja selbst Todesfeen, die Banshees und manchmal auch Wesen, für die die Wissenschaft keine Namen kannte und daher unter der Rubrik DINGER zusammengefasst wurden. Das war einfach so ihre Art. Durch den Kuss einer Wassernymphe konnten dann diese Wesen auch unter Wasser atmen. Nur mit Siamsarah war es etwas ganz anderes – das war „nicht von dieser Welt", wie Elfen zu sagten pflegten, wenn sich zwei Seelen ineinander verliebten. Siamsarah war hin- und hergerissen. Ja, sie liebte ihre Freundin Marana auf eine besondere Art, aber eben auch und an erster Stelle ihr seltsames Menschenwesen. Ja, versteh einer die Wesen im Elfenreich! Wie gesagt, wir hätten beinahe eine tote *Elfe der Morgendämmerung* im ersten Buch zu verzeichnen gehabt, aber die Baumfeen, die heilerische Fähigkeiten besaßen, hatten beherzt eingegriffen und Siamsarah im letzten Moment noch gerettet. Marana war danach untröstlich und bereute zutiefst ihre Tat – es hatte einfach zu wehgetan, in solchen Fällen waren Wassernymphen nicht ungefährlich. Die Versöhnung war dann aber im wahrsten Sinne des Wortes atemberaubend.

Nun knieten sie vor dem *Baum der Zeit*, sahen sich liebevoll lächelnd an und Siamsarah streichelte der kleinen Baumfee ganz vorsichtig den Rücken. Siamsarah konnte nicht sehen, dass die kleine Fee zufrieden im Schlaf lächelte.

Die beiden so unterschiedlichen Wesen setzten sich ins weiche Wassergras auf der Lichtung neben dem Baum. Beide schwiegen. Marana spürte, dass Siamsarah eine panische Angst in ihrer Seele trug, und sie wusste auch, warum die schöne Elfe so große Angst hatte.

„Ich würde dir so gerne helfen", sagte Marana nach einer halben Ewigkeit.

„Das weiß ich", antwortete Siamsarah leise und ergänzte: „Aber du kannst gar nichts machen – ich muss es ganz allein tun."

Marana tastete überaus vorsichtig nach der Seele ihrer Freundin. Hier im Wald Unoron waren die Gedanken und Seelen offen wie ein Buch, wenn man darin lesen wollte. Wer das nicht zulassen wollte, musste dem Wald fernbleiben. Maranas wunderschöne Augen wurden plötzlich groß, und abgrundtiefes Entsetzen und Fassungslosigkeit spiegelten sich darin.

# Götterdämmerung
## oder Schicksal der Götter?[4]

Naja, wir wollen uns da nicht einmischen, ob es sich nun um eine Fehlinterpretation von Snorri Sturluson handelt oder nicht – egal, das Ende ist es auf jeden Fall! Nur für wen? – Wir werden es hier herausfinden. Was nicht in der Fußnote steht: Es lief letztlich recht unschön für den ach so mächtigen Snorri:
In den damaligen politischen Wirrnissen wurde er in seinem Keller, in dem er sich verkrümelt hatte, so meine Literaturrecherchen, von seinem eigenen Schwiegersohn aus dem Genpool entfernt. Seine letzten Worte sollten gelautet haben: „ … bitte nicht zuhauen…" Und dann gab`s eins über die Omme gedonnert! – Nicht schön, sowas.

Egbaeutel war zwar nicht in seinem Keller, aber wieder in seinem alten Büro auf Terramaris. Es war ihm mit dem geklauten Feenstein gelungen, nachdem ihn

---

[4]Snorri Sturluson (* 1179 in Hvammur í Dölum, Island; † 23. September 1241 in Reykholt) war ein altisländischer Dichter, Historiker und Politiker. Und nun zur Kapitelüberschrift: *Götterdämmerung* ist die geläufige Übersetzung für *Ragnarök*, altnordische Sage vom Schicksal der Götter, und es gab wohl in der Schreibweise (was natürlich den Sinn veränderte) gewisse Unstimmigkeiten. Während die ältere Lieder-Edda von ragnarök singt („Schicksal der Götter"), schreibt Snorri Sturluson in seiner Prosabearbeitung stets ragna rökr („Götterdämmerung"; vgl. altnordisch røkkr „Dunkelheit")." Aus E. H. Meyer, Mythologie der Germanen, Athenaion, o. J., ungekürzte Neuauflage der Ausgabe Straßburg 1903, S. 461.

die Trolle heftig gebeutelt hatten, mit einer Rohrpost-kapsel zu entkommen. Diese war, durch einen dummen Fehler, hier hatte das Böse an sich die Finger im Spiel, ohne die Raumstation Zeta UMi als Umsteige-bahnhof zu benutzen, direkt nach Terramaris gelangt. Selbst er hatte nicht gewusst, dass es nicht nur die Elfentore in der Unterwasserkuppel gab, sondern auch ein altes Rohrpostterminal im Hyperraum, das ihn aber durch ein beliebiges, gerade freies Elfenportal in der Unterwasserkuppel ausspuckte.

Niemand hatte gemerkt, wie er von der Unterwasser-kuppel aus die lange Wendeltreppe zum Verbindungs-tunnel heruntergestiegen war, sich unbemerkt einen Kilometer durch den Tunnel geschlichen und mit dem Feenstein das Siegel an seiner Bürotür entfernt hatte. Man hatte damals, als er verschwunden war, sein Büro mit Elfenmagie versiegelt, damit niemand es betreten konnte. Es bestand immerhin die Gefahr, sich mit irgendeiner Seuche anzustecken, und die Elfen woll-ten da auf jeden Fall auf Nummer sicher gehen.

Eggy stellte die große Plastiktragetasche mit der leuchtenden Aufschrift *Erwins Frittenschmiede* auf den verstaubten Konferenztisch. Er sah sich um. Alles war noch so, wie er es damals verlassen hatte – nie-mand hatte in der Zwischenzeit sauber gemacht. Er schaltete seinen PC ein und wartete, bis *Portal 8*, das elfische Betriebssystem, hochgefahren war. Auch sein Passwort *Der fliegende Holländer* war immer noch gültig. Sein Rechner war auch nicht im elfischen Netzwerk registriert und somit bemerkte niemand, dass das Ding hochgefahren wurde. Eggy musste sich konzentrieren! Diesmal durfte einfach nichts schief gehen. Er durchforstete sorgfältig das Auswahlmenü für den Materieformer. Welche Form für seine Tarnung sollte er wählen? Diesmal wollte er auf jeden Fall eine Form wählen, die nicht nur schrecklich gefährlich aussah, sondern auch überaus schrecklich gefährlich *war*. Damals hatte er die Tarnung als Riesenkakerlake gewählt, damit hatte er zwar schaurig ausgesehen, konnte aber letztlich nicht viel anrichten. Diesmal musste alles anders sein – er musste zur tödlichsten Waffe werden, die das Elfenreich zu bieten hatte. Er ließ mit den Pfeiltasten das Auswahlmenü durchlaufen. Das Riesenkrokodil war zu sperrig, damit kam er nicht so gut um die Ecken in der Kraterstation, und die Bedienung der Terminaltastaturen war damit auch nicht gerade einfach. Als Trollgrottendrache kam er nicht durch das violette Elfentor, das immer noch auf *standby* stand, wenn man einen Feenstein besaß. Und den hatte er noch vom letzten Mal. Es war eine grob fahrlässige Unterlassungssünde der Elfen, das Tor nicht endgültig zu zerstören. Der gemeine Sumpfgase abblasende Brüllerbohrwurm war viel zu langsam und verriet sich im Übrigen durch seine eigene, zu allem Überfluss auch noch neongrün leuchtende Schleimspur und das übelriechende Methangas. Außerdem konnte der kleinste Funke das Viech in die Luft fliegen lassen. So etwas passierte denen ständig und sie standen auf der roten Liste der gefährdeten Arten im Elfenreich.

Dann leuchteten Eggys Augen plötzlich diabolisch auf und er murmelte dumpf und drohend vor sich hin: „Planet! Du liegst schon so gut wie auf der Dreckschüppe!" Er hatte sie gefunden, die ultimative Waffe, mit der er sein Ziel auf jeden Fall erreichen würde: den ultrahochgiftigen, glutleuchtenden, terramarischen Lavasudskorpion, der mit einem einzigen Stich selbst einen ausgewachsenen sitnaltischen Trollgrottendrachen in die ewigen Jagdgründe befördern konnte!

Eggy nickte zufrieden und wählte die Position im Menü aus. Die Datenübertragung zum Replikator begann zu laufen. Der Ladebalken zeigte, dass es noch ungefähr 10 Minuten dauern würde, bist die atomare Strukturschablone eines terramarischen Lavasudskorpions geladen war. Außerdem kamen noch 10 Sekunden für seine eigene Hochintelligenz, die ja mit dem Viech verknüpft werden musste, hinzu. Eggy taperte mit seinen kurzen Beinchen zurück zum Konferenztisch und packte die Plastiktüte aus *Erwins Frittenschmiede* aus. Es waren diesmal 8 Hamburger mit 'ner 8-fachen Pommes und 16-fach Majo drauf. Diesmal wollte Eggy ganz sicher gehen, dass das Zeugs reichen würde, um die Tarnung stabil zu halten. Es war nämlich zwingend erforderlich, eine große Portion unnatürlicher Nahrung zu sich zu nehmen, wenn man aus dem Replikator stieg, um die neue Form eine Weile zu erhalten. Er stelle alles verzehrbereit nebeneinander auf den Konferenztisch und durchdachte nochmals seinen teuflisch genialen Plan.

Er trippelte zurück zum Terminal und sah, dass der Ladevorgang abgeschlossen war. Auch das violette Elfentor war schon hochgefahren und sendete bereits ein gefälschtes Signal an die Kraterstation auf dem Mond. Strull Struhlenpfohl, dem Kraterwächter, wurde vorgegaukelt, dass ein Techniker von Zeta UMi rüberkommen würde, um die Zeittarnung der Station[5]

---

[5] Die geheime Kraterstation auf dem Erdenmond befand sich ständig 10 Minuten in der Zukunft und war daher unsichtbar. Das violette Elfentor überwand den Zeitsprung ohne Probleme. Beim alten Rohrpostsystem musste der Reisende noch in einen pinkfarbenen, sogenannten Time-Slip

zu warten. Das war gängige Praxis und fand in etwas unregelmäßigen Zeitabständen statt. „Oh, ich bin ein solches Genie!", tönte Eggy bereits siegestrunken im Selbstgespräch. Er atmete tief durch und drückte feierlich die Entertaste. Er hatte nun 30 Sekunden, den Replikator zu betreten. Das tat er auch erhobenen Hauptes und verschloss die Panzerglastür sorgfältig hinter sich, die mit einen Quittungston signalisierte, dass alle Parameter auf GO standen.

Oh, bitte, meine sehr verehrten Leserinnen und Leser, ersparen Sie mir eine zu genaue Beschreibung des weiteren Geschehens: Es rumorte und summte im Formwandler des Replikators und eklige Flüssigkeiten und Gewebefetzen verteilten sich an der Panzerglastür. Das Ergebnis sah in etwa so aus, als wenn ein voll Verblödeter seinen Hund in einer großen Industriemikrowelle getrocknet hätte. Die Tür öffnete sich und heraus wankte ein echt gruseliger, schleimtropfender, schaurig glutleuchtender, terramarischer Lavasudskorpion, der sich mühevoll und noch benommen von der Umwandlung zum Konferenztisch quälte. Gurgelnd würgte er Verdauungssaft hoch und erbrach über die Hamburger und die Pommes, die davon verflüssigt und sodann von einem Saugrüssel der Kreatur, die unser Eggy nun war, geräuschvoll aufgesaugt wurden. Sie überprüfte nach der komfortablerweise auf dem Bildschirm angezeigten *Verbindlichen Checkliste für schaurig glutleuchtende terramarische Lavasudskorpione* sorgfältig Injektor und Gifttank des tödlichen Stachels – alles war in bester Ordnung und funktionierte einwandfrei.

---

eingeschweißt werden – keine schöne Sache. Ich möchte dazu auf das erste Buch verweisen. ☺

„Auf geht's!", tönte es seltsam verfremdet und klickernd aus dem Körper des Ungeheuers. Mit nervös aussehenden, hektischen Bewegungen krabbelte das schaurige Wesen direkt durch das violette Elfentor.

# Das GROSSE NICHTS

Der Shackleton-Krater liegt fast genau am Südpol des Erdmondes, genauer gesagt: Der Südpol befindet sich genau auf dem Rand des ca. 20 Kilometer breiten und stellenweise über 3 Kilometer tiefen Kraters, der nach dem britischen Antarktisforscher Sir Ernest Henry Shackleton (1874-1922) benannt wurde. Da am Südpol des Mondes die Sonne nur 2 Grad über den Horizont steigt, herrscht im Kraterinneren ständige Dunkelheit und unvorstellbar große Kälte.

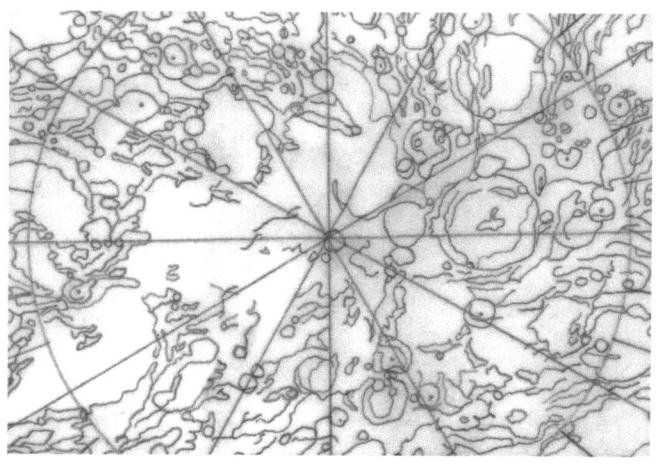

Die Südpolregion des Mondes gezeichnet von Theo Gremme

Hier hatten die Elfen den streng geheimen Geburtsort der magischen Elfenflöten versteckt.

Alle im Elfenreich glaubten, dass der Geburtsort der Kristallflöten in einer heiligen Halle oder einer Grotte unter der Mondstation im Shackleton-Krater zu finden war. Niemand außer Pfnörgel und Strull Struhlenpfohl kannten die Wahrheit, und die war sehr schräg. In einer verstaubten, unscheinbaren Abstellkammer am Spiralgang stand eine Art Getränkeautomat – schon arg verbeult und angerostet. Hier konnte der amtierende Kraterwächter mit einem 5 E€-Stück[6] eine Kristallflöte in der Farbe seiner Wahl ziehen. Das war dann in der Tat die mächtigste Flöte im Elfenreich, und der Kraterwächter übergab sie dann in einer feierlichen Zeremonie dem Abgesandten des Elfenreiches. Meistens war es der ehrenwerte Elementarteilchenversteher Pfnörgel, der die neue Flöte dort abholen musste. Nur der kannte, wie gesagt, auch den wirklichen Geburtsort der Flöten, denn beim letzten Mal bekam er die Flöte aus, sagen wir mal, strategischen Gründen direkt in der Abstellkammer, also ohne Brimborium drum herum. Was hingegen wirklich im Inneren des vermeintlichen Getränkeautomaten abging, war nicht von dieser Welt – weder aus der Menschenwelt noch aus dem Elfenreich. Das Gebilde in dem Automaten kam wahrscheinlich direkt von *Dem, der alles beseelt*, aber so genau wusste das niemand. Wer versuchen würde, die angerostete Kiste aufzuschrauben, würde sicher unmittelbar pulverisiert. In einem streng geheimen Panzerschrank lagen hingegen nicht etwa Reserveflöten, sondern ein paar 5 E€-Stücke, denn wenn die Flöte von Pfnörgel abgeholt werden sollte und es war klein Kleingeld da, dann würde der kleine und durch die ganze Aktion eh schon heftig angenervte Elementarteilchenversteher sicher zum Ungeheuer, und sowas wollte der Kraterwächter auf keinen Fall erleben.

---

[6] E€ steht für Elfen-Öcke

Plötzlich begann das violette Elfentor in der Empfangshalle der Kraterstation bedrohlich knisternd zu leuchten – es stand nun auf Empfang. Und derjenige, der das Tor aktiviert hatte, ließ auch nicht lange auf sich warten. Ein schauriges Wesen, das direkt der Hölle entstammen musste, kam nervös herumkrabbelnd aus dem Tor – es war Egigius Egbaeutel in Gestalt eines glutleuchtenden, terramarischen Lavasudskorpions. Er durchquerte trippelnd die Empfangshalle direkt in Richtung Spiralgang, der hinunter zum NICHTS führte. Ja, genau dahin wollte er. Er musste nur noch zwei Hindernisse überwinden – die beiden Panterschotte, die durch spezielle Code-Sperren gesichert waren. Irgendwie lief aber alles zu glatt, dachte er noch, aber was soll`s. Es wunderte ihn zwar, dass er noch nicht dem Kraterwächter begegnet war, aber es konnte ihm nur recht sein, etwas Zeitvorsprung zu haben. Außerdem würde er den kleinen Struller, wie er ihn immer nannte, mit einem einzigen kleinen Stich seines Giftstachels ins Jenseits befördern. Er selbst war unbesiegbar und nichts würde ihn aufhalten, das NICHTS von der Kette zu lassen. Schnell war er am ersten Panzerschott und setzte den mitgebrachten Feenstein in die dafür vorgesehene Öffnung am Terminal. „Willkommen, oh Großer Bronson – Herrscher über die Kraterstation und die Wüsten von sitnaltA! Was kann ich für Euch tun?!", tönte es aus dem Lautsprecher des Schottterminals. „Hä? Bronson?", murmelte Eggy, und er dachte bei sich, dass der Computer mal wieder spinnen würde – der Struller hatte hier das

Sagen und nicht irgendein Bronson. Nun, bei Eggy brannten die Lampen wie immer nicht so hell.

Was er nicht wissen konnte: Der gute Strull hatte seit dem letzten Zwischenfall hier in der Kraterstation den Kaffee auf und hatte gekündigt – er half nun Amöbius Brackwater in seiner Kneipe in sitnaltA. Das machte ihm wirklich Freude, und er konnte sich mit vielen schrägen Wesen und Dingern unterhalten – das machte einfach Spaß. Sein Nachfolger war *Bronson Die Gar Erschröckliche Spezialmaus aus den einsamen und unendlichen Wüsten von sitnaltA*. Ja, das war sein vollständiger Name und er hatte ein Recht darauf, so angeredet zu werden. Soviel Zeit muss sein!

Eggy krächzte mit seltsam verzerrter Stimme wegen des Skorpionkörpers: „Das erste Siegel öffnen!" Und schon öffnete sich zischend das erste Panzerschott. Naja, spätestens jetzt hätte Eggy Verdacht schöpfen müssen – tat er aber nicht. Er trippelte ungehindert eine Windung des Spiralgangs hinunter zum zweiten Panzerschott. Hier wurde es schwieriger. Hier benötigte er einen speziellen Code, den er sich heimlich im Geothermalkraftwerk *Svartsengi* auf Island beschafft hatte – hier hatten die Elfen einen Passwortsafe im Zentralrechner versteckt, um für alle Fälle die wichtigsten Passwörter nachzusehen, wenn`s mit der Erinnerung mal nicht so klappte, weil sie einen *Lava Explosion* zuviel gekippt hatten. Nur war gerade der Code für das 2. Siegel von einem in dem Moment listig grinsenden Pfnörgel gefälscht worden, oder sagen wir besser, manipuliert, aber das wusste natürlich unser Vollpfosten nicht. Er tippte ihn mit seinem Stachel recht umständlich in die Tastatur und es dauerte ewig lange, bis er ihn fehlerfrei eingegeben hatte – er lautete: „*Auf dem Eis die Krähe sitzt und mit dem*

*Schnabel Würfel schnitzt*!" Völliger Nonsens natürlich, aber als Passwort genial. Ohne weitere Nachfra-
gen öffnete sich das zweite Panzerschott, und der nun
in rötlichem Licht schimmernde Spiralgang hinunter
zum großen NICHTS lag frei zugänglich vor Eggy,
der es noch nicht glauben konnte, dass er es geschafft
hatte.

„Ich bin ein Genie!!! Komm raus und verschlinge den
Mond und den Planeten Erde! Tilge beides aus dem
Universum! Und ich werde frei sein! Endlich frei-
iiiiiii!", schrie er, so gut er es in seinem Tarnkörper
vermochte, irre kichernd in den Gang hinunter. Nun
war es für ihn Zeit sich zu verdrücken, denn das
NICHTS brauchte nur ein paar Minuten, um rauszu-
kommen aus seiner Verbannung. Er wollte natürlich
seinen eigenen Hintern retten und durch das violette
Elfentor wieder zurück. Plötzlich hörte er aus den
Tiefen des Ganges ein seltsames Tapern und jemand
trällerte recht zufrieden eine ohrwurmverdächtige
Melodie mit dem Refrain: „Hat das NICHTS nicht gut
geschlafen – gehört es nicht mehr zu den Braven!"
Um die Windung des Spiralganges kam nun ein kleines, total niedliches Wesen zum Vorschein, das diese
Melodie in bester Laune von sich gab. Es war schwarz
wie die Nacht mit einer weißen Zeichnung um die
Augen und war einem irdischen Waschbären nicht
unähnlich. Nur die Farben stimmten eben nicht so
wirklich.

„Oh, das ich das noch erleben darf!", proklamierte das
Wesen vor sich immer wieder hin zwischen den Stro-
phen.

„Wer bist du denn?!", krächzte Eggy mit klickernder
Sprache das putzige Wesen an und baute sich kampf-
bereit vor ihm auf.

„Ja – öhhhmn – ich darf mich vielleicht kurz vorstellen, ich bin das GROSSE NICHTS! Der Zugangscode zum zweiten Siegel war verändert und bewirkte, dass sich mein Dämmfeld aufbaut. Naja, dann verschlinge ich nicht gleich alles – so einfach jedenfalls nicht, und ich erscheine in dieser Form. Aber du bist ein mieser Verbrecher und ich werde dich jetzt ganz einfach verschlingen, indem ich mein Dämmfeld ein wenig öffne und dich einsauge – dann bist du einfach ein NICHTS und wir können 'nen Haken machen an deine Existenz!“, meinte das NICHTS gut gelaunt und fast beiläufig. Das Dämmfeld öffnete sich und das NICHTS dehnte sich langsam, aber unaufhaltsam aus. Eggy war schnell, er trippelte in Panik den Spiralgang hoch und in die unmittelbar angrenzende Empfangshalle. Das violette Elfentor war erloschen und sein Fluchtweg somit abgeschnitten. Nein, so wollte er nicht enden. Das GROSSE NICHTS, dessen er sich bedienen wollte, sollte ihn jetzt verschlingen?! – Das wäre ein überaus unrühmliches Ende. Dann wäre es fast so dumm für ihn gelaufen wie für Snorri – Sie erinnern sich!?

Er hetzte durch eine große Flügeltür in der Empfangshalle und befand sich im festlich geschmückten Zeremoniensaal, in dem die Kristallflöten überreicht wurden. Er stand vor einer großen, runden Bühne. Es sah so aus, als wenn alles für ein großes Showereignis vorbereitet worden wäre.

Plötzlich flammten alle Scheinwerfer und Effektbeleuchtungen auf und erleuchteten die Bühne fast so, oder, ehrlich gesagt, eigentlich besser noch als bei einem ESC-Finale, bei dem diesmal nach langer Zeit endlich mal wieder ein verdienter erster Platz gefeiert werden sollte. Gehetzt blickte Eggy zurück zur Tür, in der sich mit in die Hüfte gestemmten Pfoten das NICHTS aufgebaut hatte, um ihm den Rückzug abzuschneiden – das Dämmfeld war wieder fast eingefahren, weil vorerst nicht von Nöten. Nur einige in der Luft tanzende und durch die Scheinwerfer sichtbar gewordene Staubpartikel wurden von dem kleinen Pelztier magisch angezogen und verschwanden in ihm.

# Jetzt kommt die Maus

Die Bühne war, als sich Eggy wieder umdrehte, nicht mehr leer. Mitten im Scheinwerferlicht stand Bronson, der neue Kraterwächter. Die riesige Maus hatte perfekt gestriegeltes Fell, in das sie sich das sündhaft teure, sitnaltische Hochglanzspray gejaucht hatte, das Pfnörgel auch zu benutzen pflegte, seit er Nutzer der *Goldenen Elfischen Kreditkarte*[7] war. Bronson sah umwerfend gut aus! Seinen Namen hatten ihm seine Eltern nach einem Filmhelden aus der Menschenwelt gegeben, und den Job als Kraterwächter hatte er bekommen, weil Bronson eben keinen Stein auf dem anderen lässt, sobald er von der Kette gelassen wird. Der ehr sensible Strull war für sowas nicht wirklich geeignet. Bronson hielt ein Mikrofon in der Hand und vom Zentralrechner wurde ein Teilplayback eingespielt. Bronson sang, effektvoll beleuchtet, eine traurige, sehnsuchtsvolle Ballade vom Mondlicht in der Wüste und der Suche nach einer süßen Mäusefreundin. Dann wurde die Musik lebhafter und Bronson tänzelte leichtfüßig über die Bühne. Und nach einigen Sekunden wechselte die Musik zu einem unglaublich rhythmischen, energievollen, fröhlichen Part, der ein solcher Ohrwurm war, dass jeder ihn ein ganzes Jahr lang nicht mehr aus dem Kopf bekommen würde. Plötzlich stürmten noch sechs Mäuse, die Brüder von Bronson, auf die Bühne und tanzten in einer sagenhaften Formation total synchron mit Bronson diesen Freudentanz. Selbst Eggy, der wie blöde das Geschehen verfolgte, tänzelte als Skorpion mit – er war wie hypnotisiert von der tollen Musik auf die Bühne ge-

---

[7] Goldene Elfische Kreditkarte kurz: GEK-Card

krabbelt und drehte sich trippelnd im Kreis. Das große NICHTS kam auch auf die Bühne und tanzte ausgelassen mit.[8] Es war ein unglaubliches Bild. Die Brüder von Bronson waren, wie man in Bayern sagen würde, ein wenig fester, aber nur weil Bronson sie so gut mit Nahrung versorgte. Ihre Bauchringwülste waberten schwabbelnd um ihre Hüften bei den fast bauchtanzähnlichen, schwingenden Bewegungen. Jeder hätte da mitgetanzt! Im Liedtext war immer wieder von megamäßigem Spaß und leckerem Essen die Rede.

Das Ganze dauerte exakt drei Minuten, dann war es abrupt zu Ende und Bronsons Brüder verschwanden blitzartig hinter der Bühne.

„Hallo, Egbaeutel!!!", donnerte die Stimme von Bronson durch die große Halle. Er hatte keinerlei Mühe, Eggys Tarnung zu durchschauen. Skorpionmäuse hatten einen siebten Sinn für miese Gestalten. Und auch Eggy wusste plötzlich, wen er vor sich hatte, denn Bronson war eine Berühmtheit.

„Hallo, Bronson!!! – Mach dich bereit zu sterben! Ich bin ein glutleuchtender, terramarischer Lavasudskorpion, hochgiftig und somit unbesiegbar!", krächzte Eggy auch nicht gerade leise und wiggelte auf Bronson zu, der gefährlich leise sagte: „Und ich bin Bronson *Die Gar Erschröckliche SKORPION-Maus aus den einsamen und unendlichen Wüsten von sitnaltA!* – Ja, so viel Zeit muss sein!"

Ich bin`s kurz – der Verfasser: Ich habe Ihnen da vorhin, um noch nichts zu verraten, absichtlich einen

---

[8] So eine Bollywood-Nummer wollte ich immer mal schreiben. Da machen auch alle Beteiligten oft mitten in der Schlacht ein Tänzchen und danach hauen sie sich sofort wieder die Rüben ein – voll schräg!

leicht unkorrekten Namen genannt – mögen Sie mir verzeihen, aber es war dramaturgisch notwendig.

Eggy rallte das aber nicht, stürzte sich auf Bronson und fing an, ihm mit seinem Giftstachel zu bearbeiten. Er stach wild drauflos und wunderte sich, dass Bronson nur anfing, fast hysterisch zu kichern, weil ihn der Stachel kitzelte. Skorpionmäuse waren gegen Skorpiongift vollständig immun.

„Gib endlich auf", krächzte Eggy immer noch in siegesgewisser Stimmung, „oder glaubst du ernsthaft, du könntest mich besiegen?!" Bronson meinte nur lapidar: „Ich unterhalte mich nicht mit meinem Essen!", band sich in aller Seelenruhe ein Lätzchen um, damit sein Hochglanzfell nicht besudelt wurde, und stürzte sich dann auf den um sich stechenden Eggy. Es ging erstaunlich fix: Als erstes flog der nervende Giftstachel in mehreren Einzelsegmenten durch die Gegend, dann folgten die Skorpionbeine, die sich klackend auf der Bühne verteilten, und zum Schluss das Beste, die saftigen Stückchen, die Bronson diesmal ganz allein verspeiste. Denn er wollte absolut sicher gehen, dass man hinter das Thema Egbaeutel einen Haken machen konnte. Zufrieden rieb sich Bronson den Bauch.

Die Angelegenheit war aber beileibe noch nicht zu Ende, denn jetzt kam das, was bei Skorpionmäusen ein geradezu zwanghaftes Verhalten ist. Aus dem Boden genau in der Mitte der Bühne erhob sich majestätisch unter den Klängen der Bronson-Hymne, die vom Zentralrechner eingespielt wurde, ein Felsen, auf den Bronson behände und elegant kletterte, sich auf die Hinterfüße stellte und ein unglaublich schauriges und durch Mark und Bein gehendes Siegesgeheul anstimmte – den Blick zum Mond gerichtet, hätte ich beinahe gesagt, wenn sie nicht schon auf dem Mond gewesen wären. Erst jetzt waren die Menschenwelt und das Elfenreich wieder in Ordnung. Es war ein richtig guter Tag und mir als Verfasser sind immer noch die fetzigen Klänge von vorhin im Ohr – ein wirklich bohrender Ohrwurm eben.

„Ich spendiere dir 'ne Rohrpostreise!", grinste Bronson den kleinen, knuddeligen, schwarzen Waschbär an. „Du musst schließlich auch mal rauskommen hier und ich habe gerade von Luise auf Zeta UMi per Lichtspruch erfahren, dass heute Abend eine Riesenparty bei Amöbius steigt, und du wirst dort als Ehrengast erwartet. Luise hat dir schon Autogrammkarten drucken lassen. Es ist die übliche, jährlich in der *Nacht der Elfe der Morgendämmerung* stattfindende Weltuntergangsparty – naja, falls es mal nach hinten losgeht – du weißt schon, das GROSSE NICHTS und so." Er stupste den kleinen Waschbären freundschaftlich und augenzwinkernd in die Rippen und lachte fröhlich schallend.

Bronson schaltete die Kraterstation kurzerhand auf Automatik. Er meldete sich bei Luise auf Zeta UMi ab, die dort Wachdienst hatte. Für den schrecklichsten aller Fälle war die kleine Dame die erste Relaisstation für die schlimmste aller Nachrichten, sie hatte eine Direktschalte auf die kleine Waldlichtung im Wald des Bärenstein in der Menschenwelt. Eine elfische Spezialkamera in der Form eines Auges schwebte diskret über der Lichtung und übertrug das Bild des über den Gebirgsbach gefallenen Baumstamms, auf dem Siamsarah immer erschien, um ihre schwere Aufgabe zu erfüllen, direkt in die Zentrale auf Zeta UMi. Der Baumstamm war wie erwartet noch leer.

Bronson ging beschwingt und in bester Laune zusammen mit dem großen NICHTS zum Rohrpostterminal und drückte beherzt an der Steuereinheit auf die Schaltfläche *Lade Kapsulek*. Alle Kontrollen zeigten grünes Licht, auch die Anzeige für den Andruckabsorber der Kapsel. Die Kapsel rumpelte aus dem Magazin ins Abschusskatapult. Bronson stellte den Countdown auf T minus 60 Sekunden, öffnete die Luke der Kapsel und sagte freundlich zum NICHTS: „Bitte nach Ihnen, Sir!"

# Die letzte Nacht

Siamsarah ging über eine der Brücken, welche die der Hauptinsel vorgelagerten Inselchen und Plattformen miteinander verbanden. Sie stand nun genau über der Stelle, an der sich unter der Meeresoberfläche auf dem Meeresgrund in einem Tal der heilige Wald Unoron befand. Die kleine Sonne, die die Insel mit sanftem Licht, das für die Elfen nicht schädlich war, bestrahlte, war soeben untergegangen. Siamsarah sah zum Horizont und eine unendliche Trauer überkam sie. Ein kleiner, struppiger, geplusterter Vogel namens Plust flatterte plötzlich vor Siamsarahs Gesicht herum. Sie streckte die Hand aus und der kleine Plust ließ sich darauf nieder. Siamsarah kannte ihn schon, solange sie lebte. Er konnte nicht reden oder tirilieren, er war ein vollkommen stummer, kleiner Vogel, aber er konnte Emotionen wecken beim Besitzer der Hand, die ihn hielt. Plust sah Siamsarah lange einfach nur an, kuschelte sich in ihre kleine Hand, wohlige Herzenswärme durchströmte Siamsarah und schenkte ihr Ruhe und Mut. Auch die Angst vor der Aufgabe, die sie wieder zu bewältigen hatte, ließ in ihrem Herzen ein klein wenig nach.

„Danke, mein kleiner, treuer Freund", sagte Siamsarah voller Wärme und Plust flog, sie noch ein paarmal umflatternd, davon.

Diese Welt und auch das Elfenreich und die Menschenwelt waren so wunderschön. Sie empfand unermessliche Liebe für diese Welten – ja, für die ganze Schöpfung des Universums. Sie mochte all die liebenswürdigen, kleinen und großen Wesen des Elfenreichs aus tiefster Seele und sie liebte die Menschen und besonders ein ganz bestimmtes Menschenwesen. Aber viele Menschen waren auch unermesslich grausam. Und es gab da noch jemanden, für den sie mehr als nur Zuneigung empfand.

Luise saß in ihrer kleinen Sandschaukel auf dem Schaltpult der Zentrale auf der Raumstation, die den Stern Zeta UMi umkreiste, und vertilgte einen, ihr eigentlich gar nicht zuträglichen Mehlwurm. Für Spitzohrrüsselspringer war das sowas wie für Menschen Fastfood. Auf den Bildschirmen konnte Luise genau verfolgen, wo sich Siamsarah befand. Auf dem riesigen Hauptbildschirm war ein Plan des gesamten elfischen Transportsystems zu sehen, auch die geheimen Verbindungen. Auf dieser Darstellung war Siamsarah ein kleiner, blinkender Punkt. Weitere Monitore zeigten an den einzelnen Stationen Landkarten, auf denen Siamsarah ebenfalls als leuchtende Markierung zu sehen war. Diese Sicherheitsüberwachung, die zu ihrem Schutz notwendig war, lief ab 3 Tagen vor der *Nacht der Elfe der Morgendämmerung*. Um dies möglich zu machen, wurde Siamsarah damals mit ihrem Einverständnis von einem Elfenzauberer ein sogenannter Verfolger eingepflanzt. Dieses winzige Gerät sitnaltischer Miniaturbauart übermittelte neben ihrem Standort auch ihre Körperfunktionen, um notfalls schnelle Hilfe schicken zu können. Das alles war nicht immer so, aber seit dem Mordversuch durch Egbaeutel und eventuelle Trittbrettfahrer war dies notwendig geworden. Und in der stillsten Stunde der

Nacht – dieser Nacht, musste Luise einen noch verriegelten Knopf drücken, der Siamsarah, wo immer sie auch gerade war, auf die Waldlichtung im Bärensteinwald der Menschenwelt beamte. Ihre Kristallflöte musste Siamsarah seit heute Mittag ständig mit sich führen. Die kleine Luise sah also, wo sich Siamsarah auf Terramaris gerade befand, und musste lächeln.

Siamsarah ging auf den kurzen Steg hinaus, der von der Brücke auf eine kleine, schwimmende Plattform hinunterführte.
Sie setzte sich auf die leicht im Wasser schwankende Plattform und ließ ihre Füße im Wasser baumeln. Sie musste trotz ihrer Traurigkeit schmunzeln, denn sie wusste, was gleich passieren würde. Plötzlich umfassten zwei schöne Hände fest Siamsarahs Füße und zogen sie ins Wasser hinunter. Marana wartete diesmal nicht, bis Siamsarah keine Luft mehr bekam, sie war heute nicht auf Schabernack aus – sie küsste Siamsarah sofort sehr lange und leidenschaftlich. Ja, das habe ich auch schon im ersten Buch genau beschrieben, aber auch hier sei es noch einmal erwähnt: Das mit dem Kuss war eine ganz normale, häufig missverstandene Transaktion bei Wassernymphen, die einfach nur bewirkte, dass das unter Wasser gezogene Wesen weiteratmen konnte, also eine sehr atemberaubende Umstellung auf Kiemenatmung. Da Wassernymphen aber doch irgendwie nymphoman veranlagt waren, genoss Marana diesen Kuss natürlich jedes Mal.

„Hallo, Siamsarah", sagte Marana leise und zärtlich nach diesem Kuss, während sie langsam tiefer sanken bis direkt auf die moosbewachsene Lichtung neben dem Baum der Zeit.

„Bitte warte hier", sagte Siamsarah, schwamm langsam zum *Baum der Zeit* hinüber und kniete vor ihm nieder. Es dauerte sehr lange und wieder überprüfte der Baum ihre Beweggründe. Nach scheinbaren Ewigkeiten schwebte eine der kleinen, bezaubernden Baumfeen auf Siamsarah zu, es war die, der sie beim letzten Besuch hier im Schlaf den Rücken gestreichelt hatte, und sagte schelmisch: „Wer kann schon der *Elfe der Morgendämmerung* einen Wunsch abschlagen, zumal sie das absolute Wohlwollen des Baumes hat?" Sie zwinkerte freundlich, pflückte einen besonders schönen Zeitkristall von einem der Zweige und legte ihn in Siamsarahs Hand. „Es ist kein normaler Zeitkristall – du bist anscheinend was ganz Besonderes", feixte Neliola, das war nämlich der Name der kleinen schönen Baumfee, belustigt, aber herzlich. Siamsarah stand auf und verneigte sich vor dem Baum der Zeit und vor Neliola.

Dann ging Siamsarah mit dem Zeitkristall zurück auf die Lichtung, setzte sich neben Marana, hielt ihr in ihrer offenen Hand den nun wunderschön in allen Farben des Regenbogens leuchtenden Zeitkristall hin und sagte leise zu ihr: „Der ist für dich, Marana."

Siamsarah erwachte auf der Waldlichtung des heiligen Waldes Unoron von einer leisen Stimme in ihrem

Ohr, die ihr vom Verfolger übermittelte wurde. Es war Luises Stimme, die leise, aber freundlich sagte: „Ich störe diesen Augenblick nur äußerst ungern, Siamsarah, aber Transportvorgang in 3 Minuten, meine Schöne! Ich passe auf dich auf!"

Siamsarah küsste die noch entspannt schlafende Marana sanft auf die Stirn, wovon diese erwachte. „Es ist soweit!", sage Siamsarah nur leise und Marana antwortete nun unter Tränen, die im Wasser kleine Schlieren bildeten: „Danke, dass du diese Nacht mit mir verbracht hast."

Dann löste sich Siamsarah in einer Wolke kleiner goldener Funken vor Maranas Augen auf.

# Der Bärenstein

Siamsarah saß nun auf dem Baumstamm über dem Gebirgsbach im Bärensteinwald der Menschenwelt. Sie stand auf und ging auf die kleine Lichtung. Die stillste Stunde der Nacht war angebrochen. Die Welt hielt für einen Moment den Atem an. Siamsarah war heute ganz allein hier. Sie hatte ihrem geliebten Menschenwesen und dem kleinen Gnörxi, mit dem sie sonst immer zusammen ihre Flöten spielte, verboten mitzukommen, weil sie schon seit Tagen unruhig war, so als drohe eine Gefahr. Sie wollte die beiden nicht gefährden – auf keinen Fall. Dann begann wie in jedem Jahr das angenehme Summen und Raunen des *Großen Orchesters der Planeten und Sterne*. Dies war der Moment, wo Siamsarah ihre magische Flöte spielen musste, um die Menschheit wieder für ein Jahr zu retten. Sie hatte sich zuvor auch wie in jedem Jahr die Menschenwelt angesehen – sehr genau angesehen, und was sie sah, hatte alles bisher Dagewesene in den Schatten gestellt. Das Töten und das sich gegenseitig nicht Helfen war unbeschreiblich! Die Zerstörung der Natur und der Tod vieler Tiere hatte ein unermessliches Ausmaß erreicht. Siamsarah hatte geweint, wie sie noch nie geweint hatte. Was in der Menschenwelt passierte, konnte ihr Geist nicht verstehen. Ihr Schmerz hatte ihre Seele fast zerrissen. Sie hatte auf dem Waldboden gelegen und sich vor Seelenschmerz gewunden.

Dann war ganz plötzlich Ruhe in ihre Seele eingekehrt, eine nie gekannte, friedvolle Ruhe und vollkommene Stille. Ihre Seele hatte Frieden gefunden und alle Angst war verschwunden. Alles würde gut sein.

Sie erfuhr von Luise, die mit der über der Lichtung schwebenden Kamera ständig bei ihr war, dass Luise diese Bilder noch nicht in die Kneipe von Amöbius übertrug, aber spätestens mit dem Summen des Orchesters musste sie senden. Und dieser Moment war nun gekommen.

Siamsarah kniete nun auf der Lichtung, statt wie sonst zu stehen, und hob auch nicht ihre Flöte wie sonst an ihre Lippen, sondern hoch über ihren Kopf zum Himmel gerichtet.

# Blankes Entsetzen

Pfnörgel saß neben Bronson auf einem bequemen Barhocker am Tresen des *Dimensionslochs* und in seinem sonst so glänzenden Fell knisterte es. Es war statisch aufgeladen – sowas kannte er eigentlich gar nicht von seinem Fell. Er benutzte immer das sündhaft teure Hochglanzspray, das statische Aufladung als Nebeneffekt normalerweise zuverlässig verhinderte. Außerdem war er Elementarteilchenversteher und kannte sich mit sowas aus.

„Irgendetwas stimmt hier nicht", murmelte er, ab und zu an seinem *Lava Explosion* nippend, den Amöbius aus Island importierte. Bronson, mit dem sich Pfnörgel auf Anhieb verstand, hörte es, klopfte ihm recht kräftig auf die Schulter, so dass Pfnörgel fast vom Hocker gefegt wurde, und meinte in ausgelassener Stimmung und schon gut angeheitert:

„Entspann dich, Pfnörgeli! Was soll schon passieren?! Egbaeutel ist weg, das kann ich dir versichern! Ich habe ihn höchstpersönlich gefressen! Haarr, haarr, haarr! Also, bleib locker, Alter!"

Der kleine, schwarze Waschbär saß auf der anderen Seite neben Pfnörgel an der Bar und kippte einen *Hirnzellenverdampfer* nach dem anderen. Er schüttete sich so richtig den Kragen zu, denn er war überhaupt seit seiner Erschaffung zum ersten Mal raus aus seiner Residenz am Ende des Spiralgangs in der Kraterstation des Erdenmondes. Bislang sahen alle Partygäste ihn nur als niedlichen, kleinen, schwarzen Waschbär mit einer schicken, weißen Umrandung um die Augen. Dass er das Tödlichste im Universum überhaupt war, nämlich das GROSSE NICHTS, wusste noch niemand. Das wollte Serana den Gästen als Höhepunkt des Abends erst später verkünden – naja, auch schon um eventuelle Panikreaktionen der Gäste zu vermeiden. Einige elfische Hörnchenmädels sahen schon, miteinander albern kichernd, interessiert zu ihm herüber. Er konnte echt 'nen Stiefel vertragen! Sowas beindruckte Hörnchen absolut.

Plötzlich wurde es totenstill im Dimensionsloch. Die Bildübertragung vom Bärenstein hatte soeben begonnen. Alle Partygäste starrten gebannt und wie gelähmt auf die große Flachglotze über dem Tresen.

„Was zur Hölle macht sie da?!", flüsterte Pfnörgel leise, aber für alle hörbar, in die vollkommene Stille.

„Heilige Scheiße!", keuchte Bronson, der sich an seinem *Siebendimensionalen Sitnaltischen Grummelrakwurz* verschluckt hatte. Alle sahen, was Siamsarah tat.

# Siamsarahs Entscheidung

Siamsarah kniete auf der mondbeschienenen Lichtung oben im Bärensteinwald, blickte in den Himmel und hielt ihre magische Kristallflöte hoch über ihren Kopf in den Himmel, an dem viel mehr Sterne funkelten als sonst und hunderte von Sternschnuppen zogen. Der Sternenhimmel der Menschenwelt und die Sterne des Elfenreiches schienen sich am Himmel zu vereinigen. Jeder aus dem Elfenreich und den anderen Parallelwelten hatte schon in der Schule gelernt, was diese Geste der *Elfe der Morgendämmerung* bedeutete, aber noch niemals hatte eine *Elfe der Morgendämmerung* diese Geste getan. In den Lehrbüchern stand auch, was die Elfe der Morgendämmerung bei dieser Geste sagen würde und genau in diesem Moment auch mit deutlicher, fester Stimme sagte:

> Was ich sah, war zu viel für meine Seele!
> Nimm meine Kristallflöte zurück!

Aber Siamsarah hörte nicht, wie es das Ritual vorschrieb, hier auf zu reden, sondern fuhr fort:

> Ich liebe alles, was lebt
> Ich liebe auch die Menschen
> Trotz allem
> Aber ich kann nicht anders
> Warum hast DU es in meine
> unvollkommenen Hände gelegt?
> Warum?!

In der Frage lag Verzweiflung, Hilflosigkeit, ja und Wut, die nur allzu verständlich war, denn Siamsarah war voller Liebe, aber sie musste ihre Aufgabe erfüllen. In diesem Moment war sie das mutigste Wesen im ganzen Universum. Plötzlich fegte eine gleißende Lichtsäule aus dem Himmel hernieder und hüllte unsere Siamsarah in goldenes Licht. Die Flöte wurde ihr sanft aus der Hand genommen, schwebte in diesem Licht aufwärts und verschwand. Dann erlosch die goldene Lichtsäule. Das Licht hatte aber noch etwas getan – es hatte ihre Seele gesehen! Und diese Seele war das Reinste und Schönste, was das Licht je gesehen hatte.

Siamsarah stellte sich nun aufrecht hin – sie war eine stolze Elfe, die so schön war und so reinen Herzens, dass das ganze Universum Tränen vergoss. Es begann goldene Tränen aus Licht zu regnen – Siamsarah erwarte ihr Ende und das Ende der Menschenwelt und somit auch bald das Ende der Welt der Elfen. Tränen liefen über ihr schönes Gesicht – es waren die Perlen der Liebe.
Dann fiel sie – sanft wie Feenstaub – es war ganz leicht – sie sank wie in Zeitlupe zu Boden – sie war sofort tot.

# Marana

Sie wusste es sofort, und ein scharfes, glühendes Schwert schien ihre Seele zu durchbohren. Im Wald Unoron auf den Meeresgrund des terramarischen Südmeeres schrie eine nur noch aus Schmerz bestehende, abgrundtief entsetzte Wassernymphe so laut, dass es selbst einige schlafende Menschen in der weit entfernten und durch Dimensionen getrennten Menschenwelt hörten und wie zu Tode erschrocken aufmerkten. Hätten sie in die Augen von Marana blicken können, hätte sie der Schmerz darin auf der Stelle umgebracht. Das *Licht* war gnädig mit Marana, raubte ihr liebevoll für eine Weile das Bewusstsein und schützte ihre Seele damit vor größerem Schaden.

# Es gibt Arbeit

Auf dem Tresen klingelte bei Amöbius das rote Telefon. Er formte zitternd eine Pseudopodienhand, nahm den Hörer ab und eine piepsige, aber trotzdem feste Stimme sagte:

„Zeta UMi, Luise hier! Ich bestätige hiermit die Echtheit der Bilder, die ihr seht. Ist das NICHTS bei euch? Es gibt leider Arbeit."

Luise war genauso erschüttert und fertig, war aber ein Profi. Amöbius sagte wie im Traum: „Sitzt mir gegenüber und ist sturzbesoffen!"

Betretenes Schweigen auf der anderen Seite der Leitung.

Der kleine Waschbär sah seufzend Amöbius an und sagte: „Gib schon her!" Er hatte mit einem Schluckauf zu kämpfen.

„Ja, NICHTS hier! Ich höre!", sagte er lallend in den Hörer. Luise erklärte ihm nochmal das Geschehen.

„Ich bin zwar besoffen, aber nicht blind! Hab`s ja grad in der Glotze gesehen!", gluckste er kichernd. „Ich komm ja schon – Gut Ding will Weile haben! Ich kann von hier aus nicht anfangen, dies ist nicht die Menschenwelt. Schafft mich also irgendwie rüber zum Bärenstein!", sagte er nun schon deutlich nüchterner wirkend. Auch das NICHTS war eben ein Profi. Hier bewahrheitete sich mal wieder ein altes Sprichwort aus der Menschenwelt: „Wer saufen kann, kann auch arbeiten!"

# Das rote Telefon

Luise war völlig aufgelöst, aber sie zeigte es nicht. Sie sollte nun das NICHTS in die Menschenwelt bringen, damit es diese auslöschen würde. Sie hatte keine Wahl, die Entscheidung einer *Elfe der Morgendämmerung* war unantastbar! Mit zitternden Pfötchen aktivierte sie die Fernsteuerung für das Rohrpostterminal unter Amöbius` Kneipe. Sie betätigte das Schaltfeld *Lade Kapsulek* und schon rumpelte im Keller der Kneipe eine der Transportkapseln in das Abschusskatapult.

Luise sah auf den Monitor mit Siamsarahs Vitalfunktionen – Siamsarah war tot. Luise wusste, dass die Elfe der Morgendämmerung immer als erste starb, wenn sie ihre Flöte nicht spielte. *Das Licht* tötete sie sofort.

„Ich bin sehr klein, aber *DU* unterschätzt meine Möglichkeiten!", murmelte Luise grimmig vor sich hin und drückte in schneller Reihenfolge einige Knöpfe. Das war pure Meuterei, aber die kleine Dame war fest entschlossen und saugte, wie bei ihr üblich in Stresssituationen, den nächsten absolut köstlichen Mehlwurm ein. Das Universum sollte sich warm anziehen – sehr warm!

Oben in der Kneipe stülpte sich, aus dem Boden kommend, eine transparente Transportkapsel um den völlig erschrockenen, kleinen Waschbären samt seinem Barhocker, fauchte sofort wieder runter in den Boden und ging auf die Reise zur Verteilerstation Zeta UMi. Beinahe wäre noch Deffy, ein Winzhuhn, in den noch eine Weile offenstehenden, gähnenden Schacht gefallen, aber Amöbius hielt sie gerade noch mit einer frisch gebildeten Hand fest und stellte sie wieder auf den Tresen, wo Deffy ein hysterisches GACK! entfuhr.

Die Rohrpostkapsel mit dem NICHTS bretterte fauchend in die Bremskammer von Zeta UMi. Dem kleinen Waschbären war speiübel – er hätte nicht so viel trinken sollen. Luise hatte sich auch erlaubt, die Andruckabsorber der Kapsel ein wenig zu manipulieren, und an noch etwas hatte sie etwas rumgefummelt:
Die automatische Ansagestimme, die meist von Wassernymphen ins System eingespielt wurde, sagte betörend sexy: „Willkommen auf Zeta UMi, es besteht eine Umsteigemöglichkeit zum Bärenstein in der Menschenwelt. Bitte begeben sie sich zum Abschusskatapult 33b dieser Bremskammer gegenüber. Thank you for travelling with Fairy Tubular Post."[9]
Die Kapsel, aus der unser NICHTS nun wankte, trug die Liniennummer 33a – das hätte den kleinen süßen,

---

[9] FTP (File Transfer Protocol) war ursprünglich eine Ableitung aus der alten elfischen Technologie der Rohrposttransportgesellschaft „Fairy Tubular Post" – kurz FTP), aber der Typ, dem diese Bezeichnung für ein Datentransportsystem in der Menschenwelt nach einem Kneipenbesuch einfiel, hatte natürlich keine Ahnung, wer ihm diesen Floh ins Ohr gesetzt hatte.

aber hochgefährlichen Waschären stutzig machen sollen, tat es aber nicht. Technische Defekte gab es nun mal, daraus konnte man unserer Luise keinen Strick drehen. Das NICHTS stieg also wie vorgesehen um in die 33b und machte es sich auf dem komischerweise dort ebenfalls stehenden Barhocker bequem. „Super, es gibt also auf der Reise noch 'nen Drink!", dachte er.

Luise griff zum Telefon – ja!, zum roten Telefon. Amöbius war sofort dran und Luise lehnte sich mit diesem Telefonat sehr weit aus dem Fenster: „Bring Deffy in Sicherheit, ihr bekommt wieder prominenten Besuch! Und Amöbius – er darf trinken, was er will, Hauptsache, es ist viel heftiges Zeugs! Kein Bange, die Elfische Nationalbank übernimmt die Rechnung!" Dann legte sie auf.

Die kleine Dame Luise trippelte auf dem Schaltpult zum Schaltfeld mit der Aufschrift *Alarmstart Kapsulek 33b Destination Dimensionsloch sitnaltA*.

Luise kletterte auf ein kleines Podest, was sie sich mal extra hatte anfertigen lassen, saugte einen dieser überaus leckerschlotzigen Mehlwürmer ein und wurde somit zu einer mentalen Kampfmaschine.

„Unantastbar hin oder her – Scheiß drauf!!!", schrie das kleine Wesen voller Inbrunst und sprang auf die Schaltfläche. Das Ergebnis war immer wieder beeindruckend. Die Kapsel startete donnernd, fauchend und Dampf ausstoßend, verschwand im Leitungssystem und wurde nach kurzer Reise von einem orbitalen Elfentor nach sitnaltA abgestrahlt.

Mit unglaublichem Getöse rastete die Transportkapsel am Tresen direkt vor Amöbius ein. Deffy flatterte mit ihren kurzen Flügelchen, die nicht wirklich zum Fliegen taugten, aufgeschreckt herum und kreischte: „GACK!!!", blieb aber dank ihres magischen Kronkorkens auf dem Kopf unverletzt. Mit einem hydraulischen Geräusch öffnete sich die transparente Wandung der Kapsel und gab den Barhocker mit dem kleinen Waschbären frei.

„Lange nicht gesehen!", gluckste Amöbius und schob dem leicht dampfenden, verwirrten Pelztier einen *Brackwatischen Hirnhammer* hin mit den Worten: „Geht aufs Haus!"

# Aufmachen! – Polizei!

Siamsarah lag mit geöffneten Händen auf dem weichen Waldboden der Lichtung im Bärensteinwald der Menschenwelt. Der Blick ihrer immer noch wunderschönen, aber nun gebrochenen Augen war zum Himmel gerichtet. Der Mond spiegelte sich traurig darin. Kleine goldene Funken verließen ihren etwas offen stehenden Mund und schwebten in den Himmel. Ihre Seele verließ gerade ihren Körper. So einsam zu sterben hatte niemand verdient. Siamsarah war ganz allein – das war ein Anblick, der jede andere Seele schreien ließ. Trotzdem lag grenzenloser Frieden in diesem Bild und ein Gefühl von: Am Ende ist alles gut.

Niemand hatte mit der Entschlossenheit der kleinen Dame Luise gerechnet. Sie hatte die Bildübertragung unterbrochen. Die Gäste bei Amöbius hatten genug Schreckliches gesehen. Sie wollte Siamsarah holen und konnte daher nicht mit der Rohrpost reisen. Sie setzte mit auslaufenden Impulstriebwerken mit einer Neutrino-Jet neben Siamsarah auf der Lichtung auf und schwebte auf der Hand eines klobigen Medoroboters, der echt aus dem Vollen geschnitzt war, aus der Schleuse zu Siamsarah. Der Roboter setzte Luise sanft auf Siamsarahs Bauch ab und machte sich sofort daran, Messungen an Siamsarahs Körper vorzunehmen.

„Öhhhm, ja, ich glaube, sie ist tot!", sagte er lapidar mit blecherner Stimme. „Wir holen besser die Spurensicherung! – Jaaahh, öööhhh, – ich fahr dann schon mal zum Krankenhaus! – Aufmachen!!! Polizei!!!"[10], proklamierte er. Luise seufzte. Der Medorobot war früher bei der sitnaltischen Kripo gewesen und von denen wegen einiger Funktionsstörungen ausgemustert worden. Luise hatte sich fürsorglich um ihn gekümmert, in der Hoffnung, dass er ihr eines Tages mal von Nutzen sein könnte. Irgendwie mochte sie Bruno, es gab eben keine unbelebten Dinge im Universum.

„Komm schon, Bruno, schalte dein Programm um!", fuhr ihn Luise wegen der gebotenen Eile an. Bruno tentakelte mit seinen Messkabeln und Schläuchen weiter an Siamsarah herum und meinte dann trocken: „Kein Problem – da geht noch was!"

---

[10] … achten Sie mal drauf, solche stumpfsinnigen Dialoge kommen fast in jedem grottenschlechten Krimi vor, wenn Sie es schaffen, so lange wach zu bleiben …ich liege meist schon nach 3 Minuten in tiefster Narkose. Nun kann ich Meister Pfnörgel besser verstehen, ich meine, was er mit seiner Rede vor dem Elfenrat meinte.

# Es ist so schön hier

Dort, wo sie war, war es wunderschön. Alles war warm und in goldenes Licht getaucht. Eine so traumhaft schöne Landschaft tat sich vor ihr auf, dass sie versuchte zu blinzeln, ob sie vielleicht träumte. Sie weilte auf einem kleinen, mit leuchtenden Blumen und glitzernden Kristallbäumchen bewachsenen Hügel. Hunderte kleiner, betörend schöner Baumfeen umschwirrten sie und lächelten sie herzlich an, als wollten sie Siamsarah willkommen heißen. Unten in einem lieblichen Tal schlängelte sich ein malerischer Bachlauf mit kristallklarem Wasser, in dem wunderschöne Steine und Kristalle lagen. Winzige Wasserwuseler wohnten dort im Wasser, sprangen geschickt über die schönen Steine und spielten fröhlich miteinander. Sogar eine kleine, urgemütlich wirkende Waldhütte schmiegte sich an den sanften Berghang. Kleine, watteweiche Flugwesen mit überirdisch schönen, ebenmäßigen Gesichtchen streichelten angenehm ihre Haut. Sie sah an sich herunter – sie trug nichts am Körper und fand das völlig in Ordnung. Und alles war hell und warm, von tiefem Frieden erfüllt.

Plötzlich flatterte ein kleiner, struppiger, geplusterter Vogel vor ihr herum. Sie streckte ganz automatisch ihre Hand aus und der kleine Vogel kuschelte sich zufrieden in ihre kleine Hand.

„Plust, was machst du denn hier?", fragte Siamsarah mit leiser, warmer Stimme den kleinen Vogel.

„Ich dachte, ich erscheine dir in dieser Gestalt, weil du Plust schon lange kennst", sagt der kleine Vogel mit angenehmer Stimme.

„Ich bin überall. Nicht nur in Plust, ich bin in allen Lebewesen des Elfenreiches, aller Parallelwelten und auch der Menschenwelt und in Dir, Siamsarah. Selbst im kleinsten Käfer bin ich, in Gräsern und Bäumen, in Steinen, Bergen, Meeren, Seen und Flüssen. Ich bin das *Licht*", sagte der Vogel leise.

Siamsarah wusste das plötzlich alles und auch, dass sie mit diesem Wesen schon einmal Kontakt hatte. Damals, als sie im *Raum der Welten* fast gestorben wäre, als *ER* ihr Wissen und Erkenntnis vermittelte.[11]

Sie neigte leicht den Kopf vor *IHM* und fühlte sich so wohl wie noch nie zuvor.

„Es ist so wunderschön hier bei dir!", sagte Siamsarah leise, fast andächtig.

„Das ist nicht bei mir!", sagte der kleine Vogel auf ihrer Hand fast belustigt.

„Das ist bei *DIR*, Siamsarah! Du bist in deiner eigenen Seele! Siehst du nun, wie schön sie ist? Auch du bist das *Licht*. Und du sagst, du hättest unvollkommene Hände?! – Ich hätte keine besseren Hände wählen können, Siamsarah!"

Die schöne Elfe setze Plust auf einen großen, wunderschönen  Stein und verneigte sich tief vor ihm. Plust fuhr fort:

„Ich habe dein Leben genommen, weil es die große Ordnung so will. Deine Liebe ist in die Menschenwelt geströmt – das steht nicht in den Lehrbüchern, Siamsarah. Aber du hast unendlich viel Liebe, und Liebe bedeutet Leben, schöne Elfe. Du strömst über von Licht und dein Licht bedeutet Fantasie, Kreativität

---

[11] s. Buch 1 „Siamsarah und die Kristallflöte"
ISBN: 9783734752247
auch als e-book ISBN: 9783738678932

und eine unermessliche schöpferische Kraft. Ich bin deshalb nicht berechtigt, dich hierzubehalten, Siamsarah. Du weißt, dass du wieder zurück musst?! Du weißt nun, was Du da eigentlich tust mit Deinem Flötenspiel in der stillsten Stunde der Nacht?! Die Welten brauchen Dich, Siamsarah – mehr denn je. Du bringst Licht, Wärme und Liebe in die Welt mit deinem jährlichen Flötenspiel. Du hast nichts falsch gemacht, Siamsarah. Deine Entscheidung war richtig. Nur bedenke immer – auch das Licht kann ohne die Dunkelheit nicht sein, das hast du einmal selbst deinem Menschenwesen gesagt, als du es gerade erst kennengelernt hattest – das war sehr weise von dir. Gehe zurück in die Welten, für die Du so viel Liebe empfindest, Siamsarah *Ehrwürdige Elfe der Morgendämmerung und des Lichtes* – selbst ich kann mich nur tief vor Dir verneigen – vor deiner Liebe und vor deinem grenzenlosen Mut. Du wirst verändert sein, wenn Du zurück bist, Siamsarah. Erschrick also nicht, wenn Du von nun an immer ein wenig leuchtest und funkelst und kleine Lichtstrahlen von Dir ausgehen, wenn Deine Liebe besonders groß ist. Deine alte Flöte kannst du nicht mehr spielen, sie ist in meinem Licht aufgegangen – du brauchst eine neue, die du für das nächste Jahr bekommen wirst. Und noch etwas!", der kleine Vogel klang nun höchst amüsiert und raunte verschwörerisch zwinkernd: „Das GROSSE NICHTS funktioniert gar nicht richtig! Es ist allenfalls ein kleines NICHTS. Ich bin auch nicht perfekt und hab`s nicht besser hinbekommen. Es kann schon einiges wegsaugen, aber nicht eine ganze Welt. Mal ehrlich, wäre doch megapeinlich gewesen, wenn es das NICHTS geschafft hätte, bis zum Bärenstein zu kommen, und dann versucht hätte, richtig durchzuladen, um dann nur einen Krater von 100 Metern hinzubekommen! Wäre für uns beide nicht gerade werbewirksam gewesen. Luise hat daher auch alles richtig gemacht und ich werde sie dafür belohnen. Du begreifst sicher die Tragweite dieser Gegebenheiten und die Konsequenzen, die sich daraus ergeben Die Erinnerung an die Sache mit dem NICHTS müsste ich dir nun eigentlich nehmen, aber ich vertraue dir, dass du darüber Stillschweigen bewahren wirst, denn diese Erinnerungen können sehr nützlich für dich sein."

Siamsarah sah den vermeintlichen Plust nun mit großer Herzenswärme an und spürte, wie sie zurückgezogen wurde in ihren Körper, der immer noch auf dem Waldboden des Bärensteinwaldes lag.

„Ich werde dich immer begleiten, Siamsarah, du bist niemals allein, auch wenn es dir manchmal so vorkommt. Und du hast so viele aufrichtige Freunde, die dich lieben.", hörte sie den kleinen Vogel immer leiser werdend sagen.

Eine Lichtsäule aus goldenem, warmem Licht, das den Augen nicht wehtat, fuhr hernieder auf die Lichtung direkt in Siamsarahs Herz. Sie hört in der Ferne die leise, aber immer näher kommende Stimme von Luise, die eine Weisheit von *Meister xin shu* zitiert: „Wenn dein Herz in Harmonie ist, wird alles an seinen richtigen Platz fallen!" Und so geschah es. Siamsarahs Seelenfunken fuhren direkt in ihr Herz und mit einem sehr tiefen Atemzug kam sie ins Leben zurück. Sie behielt all ihre Erinnerungen daran, wo sie gewesen war und was ihr das Licht gesagt hatte, und bewahrte sie in ihrem Herzen.

# Magische Mehlwürmer

„Fertig!", räusperte sich Bruno nur völlig trocken. Luise sah ihn dankbar an. Siamsarah öffnete die Augen und lächelte Luise an, die immer noch auf ihrem Bauch saß. Plötzlich fiel ein kleiner, verzierter, kostbar aussehender Behälter aus dem Himmel und schlug pfeifend im Gras auf. Bruno hob ihn auf, öffnete ihn neugierig, reichte ihn Luise und sagte trocken: „Für Sie, Lady!". Luise sah in den Behälter und ihr Fell sträubte sich diesmal vor Wohlbehagen. Der Behälter war mit in goldenem Licht strahlenden Mehlwürmern gefüllt. „Noorrrmmalll!", kicherte sie sabbernd und saugte gleich einen von den himmlisch guten Dingern ein. Sie schmeckten köstlich. Ein kleiner Zettel lag noch in der Dose. Luise nahm ihn andächtig heraus und las, was dort in geschwungener Schönschrift geschrieben stand: „Danke, Luise! Diese Dose wird immer fünfzig magische Mehlwürmer enthalten, ganz gleich, wieviel du rausnimmst, und sie werden Dir nicht schaden! – Und noch etwas: Siamsarah hat jetzt ein Anrecht, wie folgt angeredet zu werden: *Ehrwürdige Elfe der Morgendämmerung und des Lichtes*. Verkünde es überall!"
Luise lächelte, sah Siamsarah an und wusste, was das *Licht* gemeint hatte: Siamsarah war Licht in reinster Form.

# Stargäste bei Amöbius

Die Stimmung im *Dimensionsloch* bei Kneipenwirt Amöbius Brackwater war bombig, so etwas hatte es noch nicht gegeben! Am Tresen umlagert von Gästen und Autogramme gebend, saß auf einem Barhocker eine Art Waschbär in ausgelassener Stimmung. Er war zwar anfänglich etwas zerknirscht gewesen, als er telefonisch von Luise erfuhr, dass der Defekt am Transportsystem erst morgen behoben werden konnte, weil die Techniker wiedermal streikten. Daher hatte er für heute Urlaub und nachholen konnte man das Ganze morgen nicht mehr, das verboten die Regeln. Das GROSSE NICHTS musste also wieder auf „Standby" gehen für ein Jahr – vielleicht konnte es ja dann seine Fähigkeiten endlich unter Beweis stellen. Es wusste, dass es wieder zum Mond in seinen „Kerker" musste. Die Tarnung als Waschbär und das Dämmfeld würde er nicht mehr lange aufrechterhalten können. Jetzt aber wollte der knuddelige Waschbär erstmal Party feiern!
Die Partygäste hatten bereits erfahren, dass Siamsarah gerettet war und die Welt wieder für ein Jahr weiterbestehen konnte. Wie das alles möglich war, und die genaueren Umstände kannte nur ein kleiner Kreis von Wesen des sogenannten *Inneren Kreises*, die ihr Wissen aber sorgsam geheim hielten.
Weil wohl das ganze Universum gemerkt hatte, dass heute etwas nie Dagewesenes, Ergreifendes passieren würde, hingen hier eine Menge schräger Gestalten rum. Ein kräftiger Kerl in goldverzierter Rüstung und mit einem goldenen Gebiss saß zusammen mit noch so einem bulligen Kerl, der einen riesigen Hammer

neben sich abgestellt hatte, an der Bar, schüttete sich Unmengen hochprozentigen *Lavasud* rein und lachte schallend über Snorri-Witze, die sie sich gegenseitig erzählten. Der mit dem Goldgebiss war Heimdall, der Wächter der Götter aus den nordischen Sagen, und der mit dem Hammer war Thor, seines Zeichens handelsüblicher Donnergott aus demselben Laden. Er hatte gerade einen neuen Prototyp von Hammer mitgebracht, um ihn heute Abend noch zu testen. Dann wankte eine Gestalt herein und steuerte auf den Tresen zu. Es war kein geringerer als Snorri Sturluson.

„Wow!", sagte Bronson, der sehr geschichtsinteressiert war. „Mit denen würde ich mich gern mal 'ne Zeit unterhalten, wie das so war in Midgard und Asgard und diesem komischen Bifröst und so! Und Autogramme wären auch nicht schlecht!"

„Keine Chance!", meinte Amöbius, „die Show ist gleich wieder mal zu Ende."

Bronson sah, wie Heimdall und Thor, der blitzschnell seinen Hammer nahm, sich umdrehten und auf Snorri losgingen, der abwehrend die Hände hob und in Panik rief: „ … bitte nicht zuhauen…". Dann verblassten plötzlich alle drei vor den Augen der interessiert zusehenden Gäste.

„Das sind nur Trugbilder aus irgendeiner Parallelwelt – die sind nicht echt, aber immer 'ne nette Showeinlage. Das passiert hier immer, jede Woche am Donnerstag zur gleichen Zeit. Wir haben`s sogar in unser Kulturprogrammheft aufgenommen. Ist wohl irgendeine Überlappungszone hier. Was meinst du wohl, warum ich meine Kneipe *Dimensionsloch* genannt habe?! Hier rauscht so einiges schräge Zeug rein jede Nacht!", meinte Amöbius trocken und spülte dabei gelangweilt ein paar Gläser.

Ein paar Barhocker weiter saß Bruno am Tresen, bestellte ein Glas feinstes Hydrauliköl nach dem anderen und stürzte es runter. Dabei krächzte er blechern vor jedem Glas: „Aufmachen!!! – Polizei!!!" Er war glücklich, hatte er doch heute entscheidend mitgeholfen, Siamsarah wieder ins Leben zurückzuholen. Er konnte nicht wissen, dass er es ohne das *Licht* nie geschafft hätte. Auch Bronson fühlte sich unbeschreiblich fit, als er Amöbius bat, ihm doch mal einen aus der Flasche mit dem besonders guten Zeugs einzuschenken – vorzügliches, hochreines Skorpiongift on the Rocks – geschüttelt, nicht gerührt!

# Alles raus hier!!!

Plötzlich kippte das GROSSE NICHTS, alias unser kleiner Waschbär, kichernd und glucksend hinten rüber vom Hocker. Der letzte *Lava Explosion* hatte ihm den Rest gegeben. Aber irgendwas ging hier vor. Was der kleine Bär selbst noch nicht wusste, war die Tatsache, dass ab einer bestimmten Promillegrenze, die nun wohl überschritten war, das Dämmfeld versagte. Er behielt zwar seine Tarnung, aber Gläser, Kartenspiele, Flaschen und andere kleine Gegenstände begannen, auf ihn zu zu schweben und in ihm zu verschwinden.

„Alles raus hier, Freunde!!!", japste er erschrocken, als er begriff, was im Gange war. Er war zwar sturzstrulle, aber er war ein verantwortungsbewusstes GROSSES NICHTS. Mit einem Mal brach in der Kneipe die Hölle los. Alle sahen kreidebleich, wie nun eilig verlassene Barhocker und Tische im NICHTS verschwanden, und auch der Tresen mit kreischenden, schaurigen Geräuschen zusammenkrumpelte und vom NICHTS aufgesaugt wurde. Die Geräusche waren wahrhaft infernal. Die Gäste rannten in Panik Richtung Ausgang, aber auch für sie wurde es immer schwerer, sich vom NICHTS zu entfernen.

Ein riesiges, fauchendes und schnaubendes Ungetüm bretterte von innen durch die immer noch durch den Sog geschlossene Tür. Das so erzeugte Loch hatte in etwa die Umrisse von Nöggy, einem sehr netten, etwas kauzigen sitnaltischen Trollgrottendrachen. Somit war der Weg für alle frei und niemand kam zu Schaden.

Draußen vor der Kneipe sammelten sich die Gäste um einen etwa 100 Metern durchmessenden Krater, in dessen Mitte der kleine Waschbär stand und kicherte: „Wow, nicht schlecht, was?!" Durch den ganzen Stress hatte er wohl sein Dämmfeld wieder im Griff, dachte er jedenfalls. Er ahnte nicht, dass er mehr sowieso nicht geschafft hätte. Sein Selbstwertgefühl blieb also intakt. Er kletterte aus dem Krater zum zitternden Amöbius hoch und sagte versöhnlich: „Amöbius, keine Sorge, mein Erschaffer hat für sowas eine Elementarschadenversicherung abgeschlossen – du bekommst eine nagelneue Kneipe – versprochen!"

Um nicht noch weitere Schäden anzurichten, holte Luise den kleinen Waschbär mit einer Neutrino-Jet ab und brachte ihn wieder zusammen mit Bronson zur Kraterstation auf den Erdenmond. Bronson brachte ihn mitfühlend wieder den Spiralgang hinunter in sein Quartier. Sie unterhielten sich noch eine Weile recht gut und das NICHTS entschuldigte sich nochmals betreten für das Missgeschick. Danach versiegelte Bronson die beiden Panzerschotte wieder sorgfältig, programmierte neue Sicherheitscodes und ging in seine gemütliche Dienst-Höhle, die im Nebenkrater unter der Mondoberfläche eingerichtet war und eine eigene Skorpionzucht beinhaltete, die reichlich Nahrung bot. In ein paar Jahren würde er abgelöst und konnte mit seinen Brüdern wieder in die schönen sitnaltischen Wüsten zurückkehren.

Wo war eigentlich Siamsarah, die *Ehrwürdige Elfe der Morgendämmerung und des Lichtes*? Und was war mit ihren engsten Freunden? Das müssen wir auf jeden Fall noch klären. ☺ Och, und unser Bösewicht? Ich weiß schon, den hat Bronson höchstselbst gefressen! Aber haben Sie nicht auch irgendwie das Gefühl, dass das alles ein wenig zu einfach war?!

# The Blue Lagoon

Luise hatte die körperlich noch sehr schwache Siamsarah fürsorglich bis zum grünen Elfentor im Bärensteinwald gebracht. Von dort kam sie direkt in die Unterwasserkuppel nach Terramaris. Dort empfingen sie freudestrahlend und mit großem Hallo Gnörxi, Fideline, Serana und Pfnörgel, die die neue Turborohrpost von sitnaltA aus benutzt hatten. Der kleine Vogel Plust flog zwitschernd um sie herum – er hatte nun eine Singstimme und sang einfach wunderschön. Er setzte sich auf ihre Schulter und sagte melodisch: „Tiiillaaat!". „Hey, lange nicht gesehen, Plust!", sagte sie fröhlich zwinkernd zu ihm. Plötzlich gingen alle Anwesenden auf ein Knie herunter und verbeugten sich vor ihr, wie es einer Königin oder einem König geziemt, denn sie sahen ihr Licht – das Licht ihrer Seele. „Nun übertreibt mal nicht", sagte Siamsarah betreten und etwas schüchtern, aber alle meinten es sehr ernst. Dann begrüßten sie alle überschwänglich und herzlich und ein warmes, mildes, goldenes Leuchten ging von Siamsarah aus. Dann fühlte sie plötzlich, dass noch jemand da war. Sie drehte sich um und sah in die vertrauten Augen ihres seltsamen Menschenwesens. Lichtstrahlen strömten von ihr ausgehend durch den Raum. Die Zeit schien stillzustehen, als sie sich lange küssten und in den Armen lagen. Gnörxi kletterte auf Siamsarahs andere Schulter und raunte ihr ins Ohr: „ Hey, ihr seid relativ unsterblich, da werdet ihr ja wohl mal 'ne Pause machen können für 'nen kleinen Erholungsurlaub oder?"
Und noch jemand war da, genauer gesagt draußen vor der dicken Panzerglaskuppel, und schwebte anmutig

im terramarischen Südmeer. Es war Siamsarahs beste Freundin Marana, die mit ihrem Zeitkristall freude-strahlend herumfuchtelte und durch Winken allen Anwesenden zu verstehen gab, zu ihr zu kommen.

„Worauf wartet ihr?! – Rein in die Schleuse und raus mit uns!", proklamierte Gnörxi in bester Laune, denn er wusste bereits, wo es hingehen sollte. Marana hatte nicht irgendeinen Zeitkristall von Siamsarah ge-schenkt bekommen, sondern einen sehr seltenen Rei-sezeitkristall. Damit verging nicht nur keine Zeit für die Dauer der Zusammenkunft, sondern man konnte damit völlig ohne Elfentor oder Rohrposttransport zu dem Ort springen, an den die Besitzerin des Kristalls dachte. Für den Erdenmond war der Kristall aus Si-cherheitsgründen gesperrt. Sie konnte beliebig viele Personen mitnehmen. Beim Transport musste nur Körperkontakt bestehen. Plust kletterte in einen was-serdichten Käfig mit Sauerstoffversorgung, den Sera-na vorsichtig trug. Dann stiegen alle in die Kuppel-schleuse, das Innenschott schloss sich geräuschvoll summend und die Luft wurde durch das warme Meerwasser verdrängt. Das Außenschott öffnete sich und sie schwammen ins Meer hinaus zu Marana. Die beiden Freundinnen sahen sich an und umarmten sich, scheinbar für Ewigkeiten zärtlich. Siamsarahs Licht erstrahle hell und golden, hüllte Marana ein und heilte damit in einem einzigen Moment Maranas so schreck-lich verletzte Seele. Marana kniete plötzlich vor der verblüfften Siamsarah nieder und sagte ernst und de-mütig: „Ich verneige mich tief vor Euch, *Ehrwürdige Elfe der Morgendämmerung und des Lichtes!*" Dann erhob sie sich wieder. Marana wusste nun, dass sie ihre Freundin jederzeit mit ihrem eigenen Leben be-schützen würde.

Jetzt musste es schnell gehen. Marana stellte Körperkontakt her, indem sich alle bei den Händen nahmen. Ein Verwandlungskuss war nicht nötig, da sie in wenigen Sekunden am Zielort sein würden – und so war es auch – sie tauchten in einer milchig trüben, wunderschön bläulich leuchtenden, mit 39 Grad traumhaft warmen Brühe auf, die große Heilkraft besaß, und die hatte unsere Siamsarah bitter nötig – die Geschehnisse der letzten Stunden hatte ihr Körper noch lange nicht überwunden. Ihre Seele allerdings war stark und leuchtend wie nie. Eine kräftige Druckbetankung mit Elfenmagie war hier garantiert. Sie befanden sich in der *Blauen Lagune* auf Island.

„Dass ich das noch erleben darf!", kicherte Gnörxi, legte sich im Wasser auf den Rücken und ließ sich einfach treiben. „Gute Reise!", tönten einige junge Elfenmädels in der Nähe. Sein Fell würde von dem Sud hier einen unbeschreiblichen Glanz bekommen. Plötzlich stieß er mit dem Rücken an eine Betonwand. Er drehte sich um. Es war der Wassertresen der Nautilus-Bar und hinter dem Tresen stand mit mehreren gebildeten Mündern grinsend Amöbius' Kollege. Strull Struhlenpfohl grinste freudestrahlend und sagte: „Was darf's denn sein, junger Freund und Retter des Universums?! Geht alles aufs Haus heute Nacht!"
Gnörxi und die anderen waren begeistert und machten sich eine richtig gute Zeit. Das Menschenwesen flirtete gerade etwas mit Serana, oder war es umgekehrt, so genau ließ sich das nicht feststellen. Das war Maranas

Augenblick, auf den sie so lange schmerzlich und sehnsüchtig gewartet hatte. Sie hatte natürlich das, was Siamsarah im Bärensteinwald getan hatte, und das, was ihr dann wiederfahren war, vom Wald Unoron aus miterlebt und sie wäre fast selbst gestorben. Als Siamsarah niedersank, fühlte sie sich plötzlich wie das einsamste Wesen im Universum – ganz allein, und ihr war eiskalt im warmen Wasser des Meeres. Sie wäre sicher an gebrochenem Herzen gestorben, das wusste sie genau. Das *Licht* hatte ihr gnädig das Bewusstsein genommen, als der Schmerz unerträglich wurde.

Sie nahm Siamsarah bei der Hand und zog sie in eine der einsamen Dampfgrotten, wo sie ganz allein waren. Mit der Atmung hatte Marana keine Probleme. Sie musste zwar immer wieder mal untertauchen, aber für begrenzte, kurze Überwasseraufenthalte funktionierte eine Art Hybridatmung ganz ausgezeichnet.

Marana drängte Siamsarah, die keinerlei Widerstand leistete, sanft in eine Ecke. Sie sagte kein einziges Wort. Es gab auch keine Worte für das, was sie empfand. Solche Worte waren nie erschaffen worden. Sie ließ sich in Siamsarah Augen fallen und Siamsarah öffnete weit ihre Seele für Marana, die fast in Siamsarahs warmem Licht ertrank.

Wir ziehen nun besser den Vorhang vor besagter Dampfgrotte zu – so viel Privatsphäre muss sein – auch in einer Geschichte.

# Serena und Pfnörgel

Das seltsame Menschenwesen gesellte sich nach einer Weile zu Siamsarah und Marana in der Dampfgrotte. Die beiden Freundinnen hatten zuvor mit Hilfe des Zeitkristalls 12 Stunden dort verbracht, ohne dass es irgendjemand gemerkt hätte. Ein Schelm, wer Frivoles dabei denkt. Die drei verstanden sich ausgezeichnet. Alle hatten sehr viel Spaß in dieser besonderen Nacht, an Siamsarahs nulltem Geburtstag. Sie war inklusive der Zeitkristallzeit erst ungefähr 13 Stunden alt.

Plust schwirrte ausgelassen umher und ruhte sich immer mal auf einem der Lavafelsen aus. Der warme Wasserdampf tat seinem Gefieder richtig gut. Von einem der Felsen aus beobachtete er eine seltsame Szenerie und meinte besorgt: „Ti-Laaaaat??? Oh – oh!"

Serana schwamm immer näher an Pfnörgel heran und meinte: „Komm, Pfnörgeli, ein Dampfbad in einer der Dampfgrotten wird uns sicher gut tun!" Pfnörgel argwöhnte noch nichts, weil er auch bester Laune war, und schwamm mit Serana in eine freie Dampfgrotte.

„Ach, ist das herrlich heute Nacht!", trällerte Serana zuckersüß lächelnd. Nun schrillten alle Alarmsirenen in unserem Elementarteilchenversteher. Unter Wasser sträubte sich sein Fell und seine Augen wurden riesig und Pfnörgels Blick nagelte Serana fast an die Felswand hinter ihr. Serana spielte ganz die entspannte und gelassene Stützpunktchefin und wurde nun professionell dienstlich:

„Ehrenwerter Meister Pfnörgel, ich störe Eure Fellpflege im Lavasud hier nur äußerst ungern." Sie blickte ihn dabei direkt aus ihren schönen Elfenaugen an, in die ein Menschenwesen hineinfallen würde, wenn es zu lange hineinblickte. Pfnörgel war aber weder ein Elfen- noch ein Menschenwesen.

„Ich muss Euch auf eine lange und gefährliche Reise schicken, Meister Pfnörgel. Siamsarahs Kristallflöte ist, wie Ihr ja wisst, im Licht aufgegangen und unsere nun noch mächtigere *Ehrwürdige Elfe der Morgendämmerung und des Lichtes* muss eine neue Kristallflöte bekommen …", weiter kam sie nicht. Das Wasser fing plötzlich an zu brodeln, als sich Pfnörgel, der fast doppelt so groß geworden war, wie ein Rachegott auf Serana stürzte, die es nur noch knapp schaffte, unter ihm wegzutauchen, um aus der Dampfgrotte zu entkommen. Elfen können recht gut und schnell schwimmen, aber Serana wusste, dass sie nun alles geben musste, um zu entkommen. Sie gewann so viel Geschwindigkeit, dass sie unter Zuhilfenahme von Elfenmagie fast über das Wasser lief.

„Du da! – Die übers Wasser laufen kann! – Gib auf! Widerstand ist zwecklos! Du wirst jetzt gefrühstückt!", donnerte die magisch verstärkte Stimme Pfnörgels weit über die Lagune – alle konnten es hören.

Der aufgebrachte Elementarteilchenversteher schaltete den Turbo mit Nachbrenner ein und lief nun auch halb übers Wasser. Er sah etwas aus wie eine *Sitnaltian Steamer Duck* – eine sogenannte *sitnaltische Dampfschiffente*, die mit einer irren Geschwindigkeit übers Wasser laufen konnte. Es sah so aus, als wenn zwei Raketenboote den Weltrekord brechen wollten.

„Mach dich bereit, vor deinen Schöpfer zu treten, hinterhältige Elfe!!!", donnerte es wie aus einer Verstärkeranlage bei einem Rockkonzert.

Was der geneigte Leser wissen sollte und im ersten Buch ausführlich mit Genuss nachlesen kann, sei hier in Kurzform geschildert:

Pfnörgel war einfach dafür zuständig, neue Kristallflöten an der Geburtsstätte der Flöten auf dem Erdenmond in der Kraterstation des Shackleton-Kraters am Südpol des Mondes beim amtierenden Kraterwächter abzuholen. Bereits zweimal ist Pfnörgel dabei in höchste Gefahr und peinliche Situationen geraten. Serena hatte ihn beim zweiten Mal zudem noch mit einer manipulierten Kreditkarte geködert, die sich als hinterlistiges Höllending entpuppte. Serana war nach seiner Rückkehr nur knapp seiner Rache entronnen, und mit vielen Zugeständnissen versöhnten sie sich schließlich wieder. Aber das Misstrauen saß natürlich tief bei Pfnörgel. So war die jetzige Show, die sich in der Blauen Lagune abspielte, nicht verwunderlich.

Es dauerte auch nicht lange und Serana war am Ende ihrer Kräfte, sank ins Wasser und hatte Mühe, nicht unterzugehen. Pfnörgel kam wie ein schäumendes Monster über sie und zerrte sie ans Ufer. Ihm war kristallklar, dass er Seranas Bitte, die neue Flöte zu holen, nicht ausschlagen konnte, aber er wollte es ihr nicht leicht machen.

„Also gut!", sagte er ebenfalls zuckersüß zu der heftig nach Luft ringenden Serana. „Hier sind meine Bedingungen! Erstens – kein pinkfarbener Timeslip![12], kein Tor- oder Rohrposttransport! Ich will eine Neutrino-Jet mit Lineartriebwerk, nicht die alten Dinger! Das Ding will ich bis zum Anschlag mit Stützmasse voll druckbetankt direkt vor Amöbius` neuer Kneipe geparkt vorfinden, klar?! Und nun kommt das Beste: Du,

---

[12] … eine peinliche Geschichte aus dem ersten Buch ;-) …

Serana, wirst mir nach meiner Rückkehr höchstpersönlich jeden Tag zwei Stunden lang das Fell kraulen, und spreche niemals mehr das Wort *Goldene Elfische Kreditkarte* aus!"

Pfnörgel hielt zufrieden mit seiner Ansprache inne, um Serana Gelegenheit zu geben zu antworten. Die japste ihn nun irgendwie glücklich lächelnd an:

„Akzeptiert! – Alle Punkte! – Danke, mein treuer Freund!"

„Na, geht doch!", meine Pfnörgel triumphierend lächelnd.

Der kleine Plust saß ganz in der Nähe auf einem Lavafelsen und freute sich unbändig, von einer auf die andere Kralle tänzelnd, und tirilierte. Es hörte sich in etwa so an wie: "Tapiti…tapiti…tapiti-tilaat!"

Die Zukunft würde spannend werden! ☺

Mit Maranas Zeitkristall konnte man auch bis zu einem halben Jahr in der Zeit herumspringen – das tat die kleine Reisegesellschaft nun auch, nachdem sie sich wieder bei den Händen genommen hatte.

Es war jetzt Winter in Island. Über der Blauen Lagune erschienen die wunderschönen Nordlichter. Ihre neongrünen und violetten Vorhänge verzauberten die Welt. Die Wasseroberfläche dampfte nun viel mehr und das Wasser hatte noch gut über 37 Grad. Nach einer grandiosen Lightshow, die die Nordlichter hinlegten, fielen Schneeflocken wie kleine Wattebäuschchen auf eine friedvolle Welt der Stille. Und doch schienen sie bei der Berührung mit den Lavafelsen und der Wasseroberfläche leise und geheimnisvoll zu wispern. Dort, wo der Winterwind die Flocken in den Felsmulden vor sich her wirbelte und zu Schneewehen auftürmte, war das Wispern eindringlicher, drängender, aufgeregter. Nur ein geübtes Auge hätte sie bemerkt, die kleinen goldenen, blauen und grünen Funken, die sich zwischen den Schneeflocken tummelten und sich mit ihnen über all das, was kommen würde, unterhielten. Eine leise, aber doch große und machtvolle Musik, getragen vom Gesang einer kristallklaren Stimme, wehte sanft über den Bäumen und sang von so geheimnisvollen Dingen wie dem Licht der Sterne, das Farben auf die Herzen der Menschen malt, und von Orten, an denen Zeit nicht einmal ein Wort ist.

# Das BÖSE

Ach, nun ist doch eigentlich alles gut, und wir könnten den Abspann laufen lassen! Ein besseres Ende kann man doch gar nicht hinbekommen. Stimmt, aber das Böse ist ja bekanntlich immer und überall! Im Zentralrechner des Elfenstützpunktes summte es und Relais tackerten aufgeregt..., unglaubliche Datenströme sausten hin und her und gelangten schließlich zum Replikator... Naja, von Eggy war natürlich auch irgendwann mal eine Sicherheitskopie seiner atomaren Struktur angefertigt worden, als die Elfenportale peinliche Unfälle verursachten damals und man nur mit so einer Atomschablone sicher sein konnte, im Zieltor wieder korrekt zusammengesetzt zu werden.

Und das BÖSE wollte sich unbedingt wieder materialisieren – es konnte gar nicht anders – wäre ja auch ganz schön blöde sonst, ohne Bösewicht macht es ja auch keinen Spaß, vielleicht an einem dritten Buch zu arbeiten. Und dieses Buch ist ja auch noch nicht ganz zu Ende.

Dann zuckten die Schläuche und Kabel – dicke Rohre pumpten Gülle in die Materialisationskammer. Es war eine Hölle von Scheiße und Energie, theatralische Orgelmusik ertönte, und nach wenigen Sekunden explodierte mit infernalischem Getöse der Replikator. Als sich der Explosionsstaub legte und sich die Gülle langsam, bedingt durch die Schwerkraft, auf dem Boden verteilt hatte, schwoll die immer noch brausend donnernde Orgelmusik zu einem wahren Finale Furioso an. Dort stand, von einem grünlichen unheilvollen Leuchten umwabert, von zuckenden Entladungsblitzen umzüngelt, in zerfetzter Feinrippunterwäsche,

Kniestrümpfen mit Strumpfhaltern und mit Sprüngen in den blauen Gläsern seiner Schweißerbrille:

# Hier geht`s lang

Der Elfenrat brauchte wieder einmal die Hilfe eines Elementarteilchenverstehers. Pfnörgel war auf dem Weg ins Parlamentsgebäude. Er war diesmal völlig ohne Komplikationen vom Mond zurück und hatte die neue magische Kristallflöte für Siamsarah mitgebracht. Die Flöte leuchtete diesmal in goldenem Licht, es war eine ganz besondere Flöte, denn jeder würde sie diesmal hören können, wenn Siamsarah sie in der *Nacht der Elfe der Morgendämmerung* spielen würde.
Serana hielt auch ihr Versprechen und kraulte Pfnörgel jeden Tag zwei Stunden lang das Fell. Die beiden verstanden sich nun bestens. Die nächste Flöte würde ja hoffentlich nicht so bald wieder herangeschafft werden müssen. Die Welt hätte sowas von in Ordnung sein können, wäre da nicht diese Dringlichkeitseinberufung zu einer Krisensitzung gewesen.
Der Vorsitzende des Ältestenrates kam auch direkt zur Sache:
Es gab merkwürdige Vorfälle, die von elfischen Agenten in der Menschenwelt an den Rat weitergeleitet wurden. Immer wenn etwas nicht mit rechten Dingen zuging, etwas unerklärlich war, wurden diese Agenten tätig, um zunächst zu beobachten. Und mit einer schottischen Brücke, die über eine tiefe Schlucht führte, stimmte etwas ganz und gar nicht, denn angeblich waren schon mehr als 600 Hunde hier in den Tod gesprungen. Das lief nach Berichten der Agenten so ab: Der Hund betrat mit Frauchen oder Herrchen gut gelaunt die steinerne alte Brücke, und von einer Sekunde auf die andere nahm dann der Hund Anlauf und sprang über die recht breite steinerne Brüstung in die

Schlucht. Sehr viele Hunde fanden dabei den Tod. Die Menschenwesen hatten keine Erklärung dafür. Diese Brücke zog Hunde einfach magisch an. Die Menschen vermuteten sogar einen Geist als möglichen Urheber des Phänomens. Tja, oft war das dann auch so, nur dass dieser Geist von den Menschen niemals aufgespürt werden konnte, um ihm das Handwerk zu legen. Die elfischen Agenten konnten recht oft solche Phänomene aufklären, weil es eben auch im Elfenreich Schurken gab, die in der Menschenwelt völlig unsichtbar und unerkannt ihr Unwesen trieben, um Mensch und Tier zu ärgern und, wie hier auch, Schlimmeres anzurichten. Alle fürchteten sich vor dem Überqueren dieser Geisterbrücke.

Die Agenten hatten diesmal aber selbst keine Erklärung, wer der Schuldige sein könnte. Normalerweise war es immer ganz einfach, weil sie natürlich im Gegensatz zu Menschenwesen den Übeltäter sehen und festnehmen konnten. Aber in diesem Fall konnten auch die Agenten nichts sehen oder mit Elfenmagie aufspüren. Und genau hier kamen Elementarteilchenversteher zum Einsatz, denn die hatten noch ganz andere Möglichkeiten. Pfnörgel hatte nun also einen offiziellen Auftrag, die Angelegenheit nicht nur aufzuklären, sondern auch zu bereinigen. Der Elfenrat stufte die Sache als Gefahrenstufe 3 ein. Das bedeutete, dass Pfnörgel alle Vollmachten bekam, er durfte alle nur möglichen Maßnahmen ergreifen, um Schaden von der Menschenwelt und der Welt der Elfen abzuwenden.

Als Pfnörgel mit seiner Neutrino-Jet, die er nicht mehr abzugeben brauchte, auf der Zufahrt zur Brücke aufsetzte, hatte er gleich ein komisches Gefühl – es kribbelte in all seinen ganz besonderen paranormalen Sinnesorganen. Auch war die Neutrino-Jet mit den neuesten elfischen Ortungsanlagen und Tarneinrichtungen ausgerüstet. Die Taster arbeiteten unaufhörlich und registrierten eine übergeordnete Streustrahlung, die vom Mittelpunkt der Brücke ausging.

„Aha!", murmelte Pfnörgel grimmig in seinem Pilotensitz. „Da haben wir ja was!" Ein grünlich waberndes Feld wurde auf den Tasterbildschirmen sichtbar. Pfnörgel ließ den Bordcomputer arbeiten und dieser lieferte nach ein paar Minuten ein kristallklares Bild:

Auf der Brücke stand in schmutziger Feinrippunterwäsche und einer Schweißerbrille mit einem Schild in der Hand – Egigius Egbaeutel! Auf dem Schild stand „Hier geht`s lang!" mit einem Pfeil nach rechts über die Brüstung. Hunde konnten zwar nicht lesen, aber sie verstanden den mentalen Befehl, den Eggy aussandte. Das Schild entsprang nur seiner abgrundtiefen Bosheit. Er testete wohl seine Möglichkeiten auf der Erde, um Schlimmeres zu planen. Er konnte die Neutrino-Jet nicht sehen und wiegte sich somit in Sicherheit. Kopien, die von atomaren Strukturschablonen hergestellt wurden, konnten sich problemlos unsichtbar machen. Daher hatten ihn die Agenten nicht sehen können. Und nun kam das Dumme an der Sache: Kopien konnte nur von Kopien beseitigt werden! Pfnörgel wusste das genau und fluchte: „Grüne Scheiße! Sowas hatten wir seit einigen hundert Jahren nicht mehr!"

Diese Erkenntnis hatte weitreichende Konsequenzen, aber Pfnörgel war mit allen Vollmachten ausgestattet. Er wählte die Nummer der Verteilerstation Zeta UMi an. „Zeta UMi, Luise hier – grüß dich, Freund Pfnörgel!", sagte eine freundliche, piepsige Stimme. „Hallo, Luise!", sagte Pfnörgel freundlich. Die kleine Dame Luise erschien auf Pfnörgels Bildschirm.

„Ich brauche eine Kopie, um eine Kopie zu beseitigen, Luise!" Er hörte und sah Luise tief durchatmen, sie war über die Vorfälle rund um die Brücke bisher nur über die Agenten unterrichtet. Sie fragte kurz und knapp: „Welche Kopie soll weg?" Pfnörgel antwortete genauso knapp und präzise: „Egbaeutel!" Pfnörgel sah, wie Luise ihre kleine Schatulle, die sie vom *Licht* geschenkt bekommen hatte, nahm, einen der köstlichen magischen Mehlwürmer einsaugte und antwortete: „Ich nehme an, du willst Turdus?" „Genau!", kam die knappe, aber zu allem entschlossene Antwort. „Okay, es dauert 'ne halbe Stunde, bleib vor Ort!" Damit unterbrach Luise die Verbindung.

Liebe Freunde, Sie mögen nun über diese einsilbige Kommunikation erstaunt sein, aber in dieser kurzen Kommunikation zwischen den beiden Freunden steckt eine Brisanz, die sich kaum jemand vorstellen kann.

# Turdus von Merula

*Turdus von Merula der Erstgeschlüpfte und Permanentgesträubte mit der Lizenz Gekröse aufzuwickeln – Kampfamsler aus der Parallelwelt sitnaltA,* soviel Zeit muss sein, aber nachfolgend Turdus genannt, war das fürchterlichste Wesen des Elfenreichs. Die Betonung lag hier auf „war", denn er ist in einem besonders schlimmen Einsatz im Dienste des Elfenreiches umgekommen. Aber es gab die Kopie seiner atomaren Struktur im Hauptreplikator des Elfenreichs. Nur in allergrößter Gefahr war es erlaubt, schieren Wahnsinn mit schierem Wahnsinn zu bekämpfen. Es hatte schon einmal eine Situation gegeben, in der eine temporäre Kopie von Turdus angefertigt worden war. Damals wurde der diensthabende Techniker im Replikatorraum unmittelbar von Turdus vernichtet. Und „vernichtet" ist ein sehr mildes Wort für das, was Turdus mit denjenigen tat, die seinen Weg kreuzten – sein vollständiger Name sagt alles, und genau das tat Turdus auch. Turdus war ein wirklich furchterregendes Ungeheuer. Stellen Sie sich einfach eine riesige Amsel vor, so in etwa drei Metern Kampfgröße. Und Turdus fragt nicht erst, er vernichtet sofort, und zwar alles! Sein Gehirn erreicht eben nichts, weil seine Reflexe viel zu schnell sind. Deshalb wurde immer nur eine temporäre Kopie von Turdus gefertigt, die sich unmittelbar nach dem Kampfeinsatz rückstandslos auflöste. Das hört sich nun vielleicht herzlos an, aber Turdus machte es nichts aus, er sieht das ganz locker. Eine neue Auferstehung würde mit Sicherheit irgendwann kommen.

Pfnörgel brauchte nicht lange zu warten, bis die Sonne von einem dunklen Schatten kurz verdunkelt wurde. Luise hatte Wort gehalten, es hatte genau 28 Minuten gedauert. Es war beim Replikationsvorgang auch niemand zu Schaden gekommen, weil nur noch Roboter dafür eingesetzt wurden.

Turdus musste sich jeweils vor seinem Einsatz erst in Stimmung bringen. Das tat er traditionell, indem er das *The Third Man Theme* von Anton Karas auf der Zither spielte. Sie wissen schon – den Soundtrack zum Kriminalfilm *Der dritte Mann* von Carol Reeds, der zum Teil in den Abwasserkanälen von Wien spielt.[13] Turdus spielte das Stück mit Schnabel und Krallen auf der speziell für ihn angefertigten und mit Stahlseilen bespannten Zither, die ihm nach seiner Auferstehung unverzüglich zur Verfügung gestellt werden musste, geradezu virtuos. Was Käpt'n Nemo in seinem U-Boot *Nautilus* auf der Orgel war, ist Turdus auf der Zither! Hören Sie sich das Stück einmal an, dann verstehen Sie die Psyche von Turdus besser.

Turdus wurde kurz instruiert und bekam seinen Auftrag. Er flog direkt los und brauchte keinerlei Elfentore dafür, er konnte im Linearflug direkt einen Zielpunkt anfliegen.

In Egbaeutel kam nun panische Bewegung. Kopien konnten Kopien problemlos sehen.

---

[13] https://de.wikipedia.org/wiki/Der_dritte_Mann

Nicht dass Sie nun denken, ich wollte das Kapitel schnell zu Ende bringen, dem ist wirklich nicht so. Es ging eben alles blitzschnell. Und trotz der Schnelligkeit, mit der alles passierte, fühle ich mich nicht in der Lage zu beschreiben, was Turdus tat. Diese Bilder wollen Sie wirklich nicht auf der Netzhaut Ihres geistigen Auges haben. Sie würden diese Bilder nie wieder los.

Die Reste von Eggy nahm er mit und flog einen Bogen über die Schlucht. Pfnörgel konnte sehen, wie sich alles noch in der Luft planmäßig auflöste. Nur das Schild mit der Aufschrift „Hier geht`s lang" war sichtbar geworden und fiel trudelnd in die Schlucht.
Luise meldete sich: „Und?" „Der Drops ist gelutscht!", sagte Pfnörgel japsend, denn auch für ihn war das echt eine hammerharte Sache – kein schöner Anblick!
„Wir treffen uns heute Abend bei Amöbius!", grinste Luise Pfnörgel aufmunternd zu. „Und noch etwas – ich habe die atomare Strukturschablone von Eggy pulverisiert – Peter Gutmann[14] lässt grüßen!"
„Danke!", sagte Pfnörgel und lächelte Luise sehr herzlich an.

---

[14] Wikipedia wird Ihnen da sehr nützlich weiterhelfen: „Die Gutmann-Methode, benannt nach ihrem Erfinder Peter Gutmann, der diese erstmals im Jahr 1996 veröffentlichte, ist eine Methode zur vollständigen Löschung von Daten, die auf magnetischen Speichermedien, z. B. Festplatten, gespeichert sind."

# Anhang

Alle Bleistiftzeichnungen hat Annette Willsch so zauberhaft angefertigt – ganz lieben Dank dafür! ☺

**Siamsarah:**

Sie ist die *Elfe der Morgendämmerung* und entscheidet immer wieder neu darüber, ob die Menschheit noch ein weiteres Jahr geschenkt bekommt. Ursprünglich nur für eine einzige kleine Geschichte vorgesehen, wurden dann insgesamt 11 über Siamsarah geschrieben, weil wir bei den Besuchern unserer Lesungen offensichtlich einen Nerv getroffen hatten – sie wollten, dass es weitergeht. ☺

**Das seltsame Menschenwesen:**

Siamsarahs Freund und Gefährte. Er kommt eigentlich federführend im ersten Buch vor, meist als ICH-Erzähler. In einer Geschichte hat er dann mal den Namen Theorg bekommen – eine bescheuerte Idee, daher war er dann in der nächsten Geschichte wieder der ICH-Erzähler.

**Pfnörgel:**

Der höchst ehrenwerte Elementarteilchenversteher, seine Glorifizienz und Hochglanzwürden Sir Pfnörgel aus der Parallelwelt sitnaltA. Er ist sowas wie die Feuerwehr des Elfenreichs, wenn mal wieder die Luft brennt.

**Gnörxie:**

Er ist das *Spezialhörnchen der Morgendämmerung* mit der Lizenz, an der Zeit rumzufummeln, und mehrfacher Retter des Universums.

**Fideline:**

Sie ist Gnörxies vollsüße Elfenhörnchenfreundin. Ja, die beiden lieben sich wirklich! Sie haben sich im ersten Buch kennengelernt.

**Serana:**

Die Stützpunktchefin und Egbaeutels Nachfolgerin. Der gute Geist sozusagen. Aber sie hat es auch nicht leicht. Als Überbringerin schlechter Nachrichten ist sie nicht immer beliebt, das kennt man ja.

**Marana:**

Eine doch etwas nymphomanische Wassernymphe und Siamsarahs beste Freundin. Wie man im ersten Buch lesen kann, sind Marana und Siamsarah schon irgendwie heftig aufeinander abgefahren, aber das kommt meist durch die Nymphenmagie, und der Anfall der Verliebtheit lässt bei Siamsarah auch meist schnell wieder nach. Die beiden verbindet eine innige, aufrichtige, sehr tiefe Freundschaft. Marana ist eine echte Schönheit mit langen, kobaltblauen Haaren und traumhaft großen, grünen Augen.

**Amöbius Brackwater:**

Kneipenwirt in der Kultkneipe *Dimensionsloch* in sitnaltA. Er gehört zu den Wesen, für die die Wissenschaft keine Namen hat, daher fällt er unter die Rubrik DINGER! Er kann jede beliebige Form annehmen und immer dort, wo er sie gerade an seinem Körper benötigt, Pseudopodien ausbilden, also beispielsweise Hände, Füße, Münder, na, alles eben.

**Strull Struhlenpfohl:**

Auch so ein DING wie Amöbius. Früher im ersten Buch ist er Kraterwächter auf der Mondstation, dann später Kollege von Amöbius hinterm Tresen vom *Dimensionsloch.*

**Nöggy:**

Er ist ein wirklich riesiger, sitnaltischer Trollgrottendrache mit einem Prostataleiden und Fehlzündungen seiner Magengase. Aber er ist ein echt gutherziger, netter Kerl und hat auch schon einmal im ersten Buch die Welt gerettet.

**Neliola:**

Sie gehört zu den sehr hübschen Baumfeen. Sie hütet den Baum der Zeit unter der Meeresoberfläche des terramarischen Südmeeres.

**Plust:**

Dieser kleine, immer recht geplusterte, aber stumme Vogel ist ebenfalls ein ganz besonderer Freund von Siamsarah. In diesem Buch bekommt er vom *Licht* eine Stimme geschenkt, damit er endlich singen kann.

**Deffy:**

Hier handelt es sich um ein etwas hysterisches sitnaltisches Popstar-Winzhuhn mit einem magischen Kronkorken auf dem Kopf. Bekannt wurde es mit seinem Hit: *Endlose Weiten*.

**Egigius Egbaeutel – auch Eggy genannt:**

Ja, hier haben wir den für solche Geschichten immer erforderlichen Bösewicht, der unbedingt die Menschenwelt vernichten oder beherrschen will. Ein cholerischer, glatzköpfiger, gemeingefährlicher, zwergenhafter Elf mit Bluthochdruck. Er ist bisher nicht wirklich besiegt worden. Aber wir brauchen ihn ja auch, denn ohne einen Bösewicht geht in solchen Geschichten gar nichts.

**Das GROSSE NICHTS und das *Licht*** sind in diesem Buch ja ausführlich beschrieben worden. Auch Bruno hatte seinen Auftritt.

**Luise:**

Die kleine Dame Luise liegt mir natürlich ganz besonders am Herzen. Sie gehört zu dem hochintelligenten elfischen Spitzohrrüsselspringern. Sie ist die Chefin der im Weltraum um eine Sonne kreisenden Verteilerstation Zeta UMi (s. *Das elfische Transportsystem*). Sie ist sowas wie die Geheimdienstchefin der Elfen – das ist aber geheim. ;-)

**Turdus von Merula:**

*Turdus von Merula der Erstgeschlüpfte und Perma-
nentgesträubte mit der Lizenz Gekröse aufzuwickeln –
Kampfamsler aus der Parallelwelt sitnaltA.*
Eine wirklich schreckliche Kampfamsel. Sie taucht in
diesem Buch zum ersten Mal auf. Turdus ist brandgefährlich und darf nur mit einer Menge Sicherheitsvor-
kehrungen temporär repliziert werden. Er vernichtet
jeden, der seinen Weg kreuzt. Wer das war, wird,
wenn überhaupt, erst hinterher gefragt.

**Bronson:**

Er gehört zu den hochgefährlichen sitnaltischen Skorpionmäusen, die sich hauptsächlich von Skorpionen
ernähren. Bronson ist der Nachfolger von Strull
Struhlenpfohl, dem Kraterwächter auf dem Erdenmond. Seine Aufgabe ist es, das GROSSE NICHTS
zu bewachen und es für den Fall, dass Siamsarah ihre
Flöte nicht spielt, von der Kette zu lassen, damit es die
Erde vernichten kann.
Ach ja, und seit sich die beiden bei Amöbius so gut
angefreundet haben, spielen sie einmal in der Woche
tief unten am Ende des Spiralgangs Schach. Sie lassen
sich auch schon mal mit einer Rohrpostkapsel von
Amöbius ein Fläschchen *Hirnzellenverdampfer* rauf-
kommen.

# Das elfische Transportsystem

Dreh- und Angelpunkt ist die Unterwasserkuppel auf der Insel Terramaris. Diese Insel liegt im Niemandsland zwischen den Welten. Auf Terramaris altert man nicht. Terramaris ist die Urlaubsinsel der Elfen und zur Hälfte ein Elfenstützpunkt. Von hier aus gibt es Verbindungen in fast alle Richtungen. Ausnahmen sind der Shackleton-Krater auf dem Mond – diese Verbindung ist defekt und die Verbindung nach Zeta UMi gibt es offiziell gar nicht, so wie es den Verteilerknoten Zeta UMi selbst auch offiziell nicht gibt. Von Zeta UMi aus geht es natürlich im Prinzip überall hin und zusätzlich noch in den Shackleton-Krater und nach Isafjördur in Island, aber da will eigentlich niemand unserer Protagonisten sein, obwohl es ein Ort ist, der mich persönlich irgendwie magisch anzieht, so wie Island ohnehin – wegen der Elfen wahrscheinlich. Vom Shackleton-Krater aus gibt es noch eine sehr verhängnisvolle Transferlinie[15] ans Ende der Zeit ins *NICHTS*, und auch das GROSSE *NICHTS* selbst kann befreit werden und über diesen Weg die Erde vernichten. Das erste Buch ist natürlich eine größere Hilfe dabei, weil die Transferlinien dort im Laufe der Handlung beschrieben werden. Das ist immer der kleine Nachteil, den ein Fortsetzungsband hat, wenn man den ersten Teil noch nicht kennt.

---

[15] Der in der Handlung beschriebene sogenannte Spiralgang ist in Wirklichkeit nicht nur ein in die Tiefe führender Gang, sondern eine Transferlinie. Mit jeder Windung geht es tiefer in die Dimensionen, in denen das GROSSE NICHTS wohnt und wo die Zeit endet.

# Elfentore und Transferlinien

sitnaltA

Menschenwelt
Lichtung am
Bärenstein

Shackleton-Krater
Erdenmond

"Das Ende der Zeit"
... ja üble Sache!

DEFEKT

Unterwasserkuppel
Terramaris

Doppelt gesicherte
Transferlinie,
die es auf gar
keinen Fall geben
durfte!

Einbahnstraße

Diese Transferlinie
gibt es eigentlich
nicht :-)

Verteilerknoten
Zeta UMi

Elfenreich

Raum der Welten

Isafjördur
Island

Die Existenz dieser
Transferlinie wird
ebenfalls von allen
geleugnet!

# Die Lage von Zeta UMi

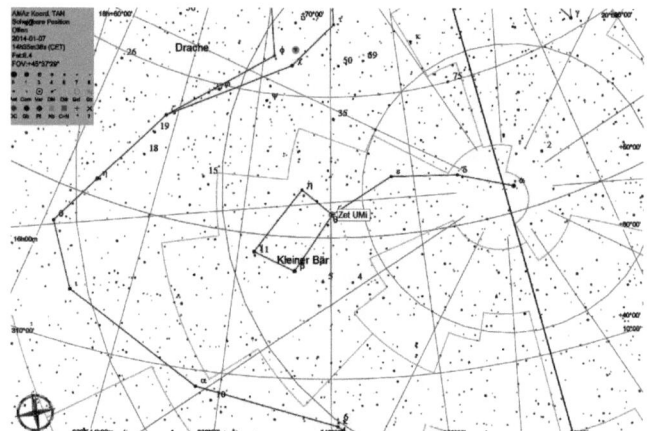

Warum die geheime Verteilerknotenstation des elfischen Transportsystems ausgerechnet den Stern *Zeta UMi* umkreist?! – Keine Ahnung! Das war pure Willkür des Verfassers. ☺

*Zeta UMi* ist der Stern, an dem die Zugstange, also die Deichsel an den Kasten des *Kleinen Wagens*, sternbildmäßig angekoppelt ist. Eine andere Bezeichnung für das Sternbild ist *Kleiner Bär*.

Ich fand den Namen *Zeta UMi* einfach schräg. Die Sterne in Sternbildern sind meist mit griechischen Buchstaben „durchnummeriert" (hier: ζ UMi = Zeta Ursae Minoris).

Dieses Buch hatte ganz zu Anfang den Arbeitstitel *Zeta UMi*. Das war mir dann aber doch zu kryptisch für den endgültigen Buchtitel.

Chefin auf der Station *Zeta UMi* ist die kleine Dame Luise, die in diesem Buch mit einer mutigen Entscheidung die Welt rettet.

# Die Insel Terramaris

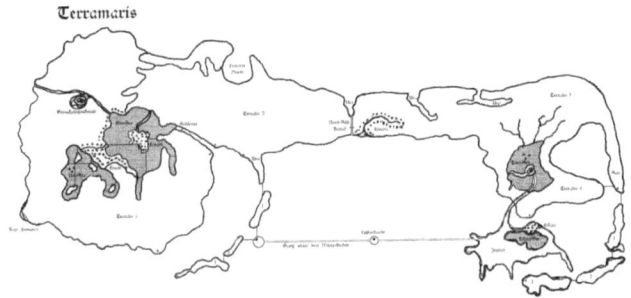

Die Insel Terramaris wird im ersten Buch ausführlich beschrieben. Sie liegt im Niemannsland zwischen den Welten. Keiner altert dort für die Zeit seines Aufenthaltes. Jeder bekommt aber nur ein Visum für 6 Wochen pro Jahr. Hier ein Auszug aus der Beschreibung im ersten Buch:

„Die Insel Terramaris war einzigartig. Sie war eine perfekte Symbiose aus Wasser, Erde, Feuer und Wind. Nirgendwo hatte es jemals etwas Vergleichbares gegeben. Das Meer um die Insel herum war flach und von atemberaubender Klarheit und Farbe. Von zartem Hellblau bis zu tiefem Grünblau waren alle Farbschattierungen vertreten. Das flache Wasser war angenehm warm und hunderttausende bunter Fische tummelten sich darin. Es gab dort auch einen Unterwasserwald, der etwas tiefer gelegen war. Ein stetiger, sanfter Wind bewegte die Wasseroberfläche nur wenig und verlieh der Küste mit ihren Sandbuchten und Steilhängen eine ruhige, friedvolle Atmosphäre."

# Zeit wird erst spürbar, wenn sie stillsteht
Gedichte über perfekte Augenblicke

Entstanden sind diese Gedichte in einem Zeitraum von fast 30 Jahren. Gedichte sind für mich sehr kurze Geschichten, die in wenigen Zeilen alles zum Ausdruck bringen wollen und müssen, was sie zu sagen haben. Das ist manchmal ganz einfach und manchmal unendlich schwer. Einfach ist es in perfekten Augenblicken, in denen alles klar vor einem liegt. Diese Momente sind selten und daher sehr kostbar. Sehr schwer ist es, wenn es keine Worte gibt für das, was man sagen will. Ist aber nicht der Dichter Erschaffer von Worten?

ISBN: 9783738616156
Preis: 4,99 €
Paperback, 48 Seiten, Format 12 x 19 cm
Dieses Buch ist auch als e-book erhältlich zu einem Preis von 3,99 €
ISBN: 9783739278223
Mehr Infos unter: www.theo-gremme.de

# Siamsarah und die Kristallflöte
## Kurzgeschichten

Erfahren Sie, was die Welt in ihrem Innersten zusammenhält! In Fantasy-Geschichten ist das natürlich ganz anders, als Sie möglicherweise gedacht haben. Siamsarah, die Elfe der Morgendämmerung, hütet dieses schöne und schreckliche Geheimnis.

Eigentlich sollte es nur eine kleine Kurzgeschichte werden, aber die Gäste auf unseren Lesungen wollten, dass es weitergeht, und so sind im Laufe der Jahre diese elf Geschichten entstanden, die in keine Schublade passen.

Was Sie für dieses Buch brauchen: ein bequemes Sofa, nervenberuhigende Getränke und Sinn für teilweise megaschrägen Humor, Fantasie, aber auch hoffnungslose Romantik. Es wird spannend und tiefgründig, wenn Theo Gremme Sie in die Welt von Siamsarah und all den anderen Wesen ihres Elfenreiches entführt.

Das wunderschöne Buchcover erschuf die Künstlerin
Natalija Usakova.

ISBN: 9783734752247
Preis: 9,99 €
Paperback, 280 Seiten, Format 12 x 19 cm
Dieses Buch ist auch als e-book erhältlich zu einem Preis von 7,99 €
ISBN: 9783738678932
Mehr Infos unter: www.theo-gremme.de

# Traumgeister des Grenzlandes
Kurzgeschichten

Was Sie für dieses Buch brauchen: ein bequemes Sofa, nervenberuhigende Getränke und Sinn für teilweise megaschrägen Humor; Fantasie, aber auch hoffnungslose Romantik. Es wird spannend und tiefgründig, wenn Theo Gremme Sie in die Welt seiner Fantasy- und Schmunzelhorrorgeschichten, seiner Kurzkrimis und Liebesgeschichten entführt.

ISBN: 9783734768620
Preis: 9,99 €
Paperback, 144 Seiten, Format 12 x 19 cm
Dieses Buch ist auch als e-book erhältlich zu einem Preis von 7,99 €
ISBN: 9783738697308
Mehr Infos unter: www.theo-gremme.de

# Siamsarah
## Die Elfe der Morgendämmerung

Sie ist die Elfe der Morgendämmerung und muss einmal im Jahr ihre Flöte spielen, damit die Welt weiter in ihrem Innersten zusammen gehalten wird. Doch Siamsarahs Instrument ist zerbrochen, weil sie schreckliche Dinge in unserer Welt sah. Helfen könnte ihr nur ein Menschenwesen, wenn es dazu bereit wäre.
Diese spannende Fantasy-Geschichte von Theo Gremme wurde von Robin Jähne verfilmt. So entstand ein Genuss für alle Sinne.

45 Minuten
DVD: 14,00 €
BluRay/VHS: 19,00 €
Erhältlich bei: www.robinjaehne.de
Robin Jähne ist auch bei Wikipedia zu finden.

## Ta`Saghi
Zeit wird erst spürbar, wenn sie stillsteht

Ein audiovisuelles Hörbuch von Robin Jähne nach einer Fantasy-Geschichte von Theo Gremme um eine alte indianische Legende.
Sie handelt von Liebe, Magie und dem Zauber, den Menschen seiner Bestimmung zu finden.
Kulisse ist die Natur um die einzigartige Felsgruppe der Externsteine in Ostwestfalen-Lippe.

40 Minuten
DVD: 12,00 €
Erhältlich bei: www.robinjaehne.de
Robin Jähne ist auch bei Wikipedia zu finden.

# Elfenrose
Am Ende der Zeit
Kurz-Fantasy-Roman

Eiki, der alles über das Elfenreich herausfinden will, lebt in Island, dem Land der Elfen und Trolle. Viele Menschen glauben hier an die Existenz dieser Wesen. Eiki hat schon lange den Verdacht, dass Elfen als Menschen getarnt in Island leben, und er hofft, das mit der wunderschönen Elka, in die er schon lange heimlich verliebt ist, herausfinden zu können.

So steht es in einem sehr alten Buch,
das einst jenseits der Zeit geschrieben wurde:

Suche niemals nach einer Elfe,
du könntest einer begegnen!
Sieh niemals eine Elfe länger
als einen Augenblick an!
Du kannst sonst nicht mehr
den Blick von ihr abwenden.
Und sieh niemals einer Elfe
im Mondlicht in die Augen,
du fällst sonst hinein
und findest nie mehr zurück!
Sie nimmt dich mit auf eine Reise,
die alles verändern wird,
weil sie alles erschüttert – alles!

ISBN: 9783741238260
Preis: 5,99 €
Paperback, 100 Seiten, Format 12 x 19 cm

Dieses Buch ist auch als e-book erhältlich zu einem Preis von
3,99 € (ISBN: 9783741268823)

Die gemeine Autorenrennmaus
(Gerbillus literaticus)
Nachdem das mit der Gurkendiät über drei
Buchveröffentlichungen hinweg nicht funktioniert hat,
hier ein neuer Versuch: die Erdbeer-Diät ☺.